G. K. Chesterton

Cuentos del Padre Brown

Introducción y edición de
Federico Von Bambauch

Ilustración de tapa:
Silvio Daniel Kiko

CUENTOS DEL
PADRE BROWN
es editado por
EDICIONES LEA S.A.
Av. Dorrego 330 C1414CJQ
Ciudad de Buenos Aires, Argentina.
E-mail: info@edicioneslea.com
Web: www.edicioneslea.com

ISBN 978-987-718-573-7

Primera edición. Impreso en Argentina.
Noviembre de 2018. Pausa Impersores.

Chesterton, Gilbert Keith
  Cuentos del Padre Brown / Gilbert Keith Chesterton ; adaptado por Federico Von
Baumbach. - 1a ed. - Ciudad Autónoma de Buenos Aires : Ediciones Lea, 2018.
  224 p. ; 23 x 15 cm.

  ISBN 978-987-718-573-7

  1. Narrativa Inglesa. 2. Cuentos Policiales. I. Von Baumbach, Federico, adap. II. Título.
CDD 823

Introducción: El misterioso hombre de la cruz

¿Puede reconstruirse la imagen del padre Brown (y por qué no también las preferencias o gustos de su creador) a partir del sistema de citas literarias presentes en la selección de relatos policiales que lo tienen como protagonista?

La primera parte de esta antología integra la secuencia inicial de los cuatro cuentos del libro *El candor del Padre Brown* (1911), el primero que Gilbert Chesterton publicó de la saga dedicada al sacerdote: "La cruz azul", "El jardín secreto", "Las pisadas misteriosas" y "Las estrellas errantes".

Un hombre de cara redonda, de ojos tan vacíos como el Mar del Norte, con paquetes de papel de estraza desordenados y al límite de la caída permanente; ese hombre, pequeño clérigo de las llanuras orientales, es capaz de desentrañar y resolver los casos, en apariencia, más problemáticos.

Así lo describe el narrador en el relato que abre *El candor del Padre Brown,* "La cruz azul". Trama donde circulan la trilogía de personajes centrales de esta etapa narrativa fundacional: el propio Brown, Arístides Valentin, jefe de la policía de París, y Flambeau, el ambicioso delincuente que cruzará su destino con el del cura.

En "La cruz azul" se produce la persecución realizada por Valentin a Flambeau, la legitimidad del peso institucional de la policía, representada en Arístides, adquiere una relevancia sólo operativa en el procedimiento del policía que intenta atrapar al ladrón, pero que finalmente no resulta eficaz a los indicios o signos de interpretación de lo que va aconteciendo, porque el que interpreta con veracidad lo que sucede es el sacerdote, dejando en evidencia la inoperancia policial: la cruz de plata con zafiros que se exhibe como muestra en el Congreso Eucarístico, reliquia y objeto de deseo de robo por excelencia por parte de Flambeau, logra salvarse cuando Brown intercede, en el diálogo profundo y hermoso que mantienen el cura y Flambeau en el desenlace de la historia.

¿Qué figura literaria aparece mencionada en este primer relato? La del creador del policial como género: Edgar Allan Poe. El núcleo para que no se produzca el robo de la cruz de plata con zafiros está concentrado en el enunciado que expresa el narrador: "En suma, la vida posee cierto elemento de coincidencia fantástica, que la gente, acostumbrada a contar sólo con lo prosaico, nunca percibe. Como lo expresa muy bien la paradoja de Poe, la prudencia debiera contar siempre con lo imprevisto".

"El jardín secreto" presenta el caso de la decapitación en el paisaje de un jardín, cuando el potencial victimario del homicidio, Mr. Brayne, resulta en realidad la verdadera víctima, al caer en la "tentación" mortal para todo presumible ateo: su acercamiento, con la persuasión del padre Brown, a la iglesia, que despierta la ira del agnóstico Arístides

Valentin. Sin haber encontrado respuesta a los fundamentos de la deidad, y luego de cometer el asesinato de Brayne, el último camino posible que le queda al jefe de la policía de París es el acto del suicidio. O el estado de locura que conduce a la decisión personal de quitarse la vida.

¿Cuál era la manía de Mr. Brayne?: "[…] esperar la aparición del Shakespeare americano". Y además admiraba a Walt Whitman. Pero lo que aún más embelesaba al personaje era la universal locura creada por el dramaturgo inglés, contendida en Lady Macbeth. El padre Brown une las piezas poéticas y dramatúrgicas que circulaban como gustos de Brayne, para develar así al asesino: un policía descreído de la fe católica, que la desesperación por la conversión religiosa de un nuevo devoto lo conduce al más elevado de los sacrificios, una cajita de píldoras y la muerte instalada en el responso de una silla que gira como último movimiento, en el escritorio del estudio del detective parisiense.

William Shakespeare aparece de nuevo en el siguiente cuento de la saga, "Las pisadas misteriosas", con una de las obras que lo han transformado en un clásico, *Hamlet*. La composición de los personajes que integran el desarrollo del relato construye la simbolización del pasaje del instinto animal y más primitivo al orden de lo racional; una racionalidad que deja traslucir la crítica a la clase aristocrática inglesa, en la elite de Los Doce Pescadores Legítimos, cuyos integrantes celebran un banquete en el selecto Vernon Hotel.

El padre Brown se enfrenta al caso del Vernon Hotel, donde evita un crimen al oír pasos en un pasillo; pasos del incorregible Flambeau, que asedia con los sucesivos intentos fallidos de delinquir, pero que el sacerdote siempre consigue "desarmar" en las impurezas morales que rodean sus comportamientos. Sólo posee una clave infalible: la capacidad de interpretar las conductas que hacen de ese arcángel, el arcángel del impudor. Y descomprimir todo delito inteligente al fundarlo en un hecho simple pero no superficial, "[...] como en el *Hamlet* [...] Este delito sutil, generoso, y que en otras circunstancias hubiera resultado muy provechoso, estaba fundado en el hecho sencillísimo de que el frac de un caballero es igual al frac de un camarero. Y todo lo demás fue ejecución y representación (eso sí) de la más fina".

El último cuento de esta primera parte que reproduce parcialmente las historias de *El candor del Padre Brown* es "Las estrellas errantes", publicado originalmente en la revista *The Saturday Evening Post*. El relato contiene uno de los principios ideados por Chesterton para concluir con éxito un cuento policíaco: cuando el criminal adquiere el derecho artístico de mostrarse en el escenario. La excusa para ejecutar este principio: el robo de tres diamantes. Con Flambeau como estratega embaucador, una vez más. Y con Brown con el deseo intacto de que abandone definitivamente el estilo de vida indigna. Consumación del anhelo que alcanza el objetivo en la resolución final del relato.

"Las estrellas errantes" es el cuento que juega quizá de modo más acentuado con lo absurdo, en un registro distanciado de cierta solemnidad de los relatos que integran la totalidad de los libros de la saga. En él aflora el lado bufonesco, expresionista y de carga pantomímica, en el rol o puesta en farsa que arman los personajes. Y otorga la voz narradora del comienzo de la historia a Flambeau, que recuerda cómo dieron inicio los más hermosos robos materializados en sus preferencias "literarias criminalísticas", en especial la del delito cúlmine durante la Navidad.

Cita, entonces, como modelo de identificación, los delitos al estilo Charles Dickens. Reflexiona Flambeau al respecto: "Pensaba de verdad que mi imitación del estilo de Dickens fue literal y competente. Me parece que casi fue una pena que me arrepintiese esa misma tarde".

Charles Dickens fue una de las personalidades literarias más admiradas por Chesterton (junto con Robert Louis Stevenson). En 1903, publicó la biografía del autor de *Oliver Twist* (otros ensayos biográficos y críticos también fueron los de Robert Browning, Bernard Shaw, William Blake y Chaucer).

De la sabiduría al escándalo del Padre Brown

La segunda parte de esta selección está conformada por cuatro relatos de los otros libros que componen la saga del padre Brown: "El duelo del doctor Hirsch" (del libro *La sabiduría del Padre Brown,* de 1914), "El puñal alado" (*La incredulidad del Padre Brown,* de 1926), "La canción del pez volador" (*El secreto del Padre Brown,* de 1927)* y "La ráfaga del libro" (*El escándalo del Padre Brown,* de 1935)*.

"El duelo del doctor Hirsch" presenta el caso de Paul Hirsch con cambios en el rol de algunos personajes, en relación con la primera parte de las historias de *El candor del Padre Brown.* Concretamente, Flambeau ya no es el ladrón incorregible que espera el momento oportuno para accionar en su voluntad delictiva, ahora se ha transformado en ayudante del padre Brown, aunque el sacerdote asume una apreciación poco convincente en las virtudes de intervención que puedan conducir a que Flambeau resuelva las situaciones que requieren esa alma mezcla de clérigo justiciero y detectivesco. Brown desplaza a Flambeau a una participación mínima, sin marginarlo por completo de la escena. Y el jefe de la policía de París, Arístides Valentin, ya está muerto.

Paul Hirsch es un santo de la ciencia, de vida ascética y moralidad de hombre puro, una pureza de frialdad. "En él se armonizaban la posición de Darwin y la de Tolstoi, pero no era anarquista ni antipatriota".

"El duelo del doctor Hirsch" presagia en las propias palabras de Paul el advenimiento de otro caso Dreyfus, aunque el padre Brown confiesa no haber comprendido nunca ese caso, porque no logra materializarlo como prueba moral concreta. El caso, recordemos, fue revelado en el artículo de Émile Zola "Yo acuso", de 1898. Originado a partir de una sentencia judicial por el espionaje y el antisemitismo al capitán Alfred Dreyfus (1859-1935).

Brown despliega una concepción religiosa, humanista y hasta utiliza herramientas o nociones de disciplinas como la psicología (de la psicología al estilo novelesco de Henry James) para resolver el conflicto: "¿No ha leído usted una historia eminentemente psicológica de Henry James sobre dos personas que por casualidad nunca se encontraron y que acabaron por temerse mutuamente, pensando que aquel era su destino?", reflexiona y a la vez replica el cura para acercarse al núcleo del duelo de Hirsch.

La tragedia de Arnold Aylmer y el juego intelectual del asesino fingiendo ser verdadera víctima (John Strake) empaña la trama de "El puñal alado", que se convierte en un desafío estratégico clave para el padre Brown en la búsqueda de la verdad. El sacerdote explora en este cuento, con detalle metafísico, la conducta que hace de un hombre el perfil de criminal: no concibe un asesino que no filosofe sobre la tradición orientalista, la reencarnación o las reapariciones semejantes a las espiritualidades del más allá.

Siempre ajusta la máscara a la condición de criminal/artista: el homicida es el pecador inteligente que burla la razón del reino de Dios. La razón y la imaginación, los grandes dones inherentes al alma. Porque "Este hombre habría convertido el metodismo wesleyano en algo terrible y maravilloso". Había alterado la doctrina de la santidad que declara la santificación de los creyentes en la entrega espiritual a Cristo. O como declara el propio padre Brown en sus conjeturas: "Se trata del mismo sortilegio que el narrador usó con el tirano de *Las Mil y Una Noches*".

Las mil y una noches es la pieza literaria esencial del paisaje descriptivo del narrador de "La canción del pez volador", para retratar las implicancias que conlleva el caso Boyle; en la avenida de un pequeño poblado cruza una enigmática figura que tal vez salió de la selva virgen, de una feria o cuento fantástico, o, por qué no, justamente, de *Las mil y una noches*.

Brown restaura una verdad diseñada en la columna vertebral del policial clásico, para objetivar los resultados del caso Boyle: conjugar la anécdota de "La carta robada" de Poe con la reflexión de corte existencialista. Con el tono pausado que lo caracteriza, el sacerdote asegura: "A veces, una cosa está demasiado cerca para que la veamos, así un hombre no puede verse a sí mismo". Y acerca la solución del problema expresando la hipótesis de la importancia de la mujer como engranaje involuntario de lo que acontece como singularidad criminalística: la señora Robinson, el ama de llaves de Mr. Smart.

Con la fuerza racional y de persuasión que caracteriza a la personalidad del padre Brown, los cuentos y leyendas de las apariciones de hadas suman indicios, funcionan a modo de pistas para esclarecer el caso que lo tiene como protagonista al profesor Openshaw, con el relato que cierra la edición de esta antología, "La ráfaga del libro". El libro que todos aquellos que miren, el terror volador caerá en maldición. El libro en blanco que pulveriza como insignia el sacerdote en su actitud de no superstición.

La resolución de la trama se erige en la construcción comparativa con Macbeth de Shakespeare. Brown lo enfrenta a Openshaw señalándole que acepte la evidencia: "[…] usted no hubiera aceptado su palabra si no la hubiese visto confirmada por la desaparición del empleado. Como Macbeth no hubiera creído nunca que sería rey si no se lo hubiese confirmado la predicción de que sería señor de Cawdor".

***

Puede reconstruirse la imagen del padre Brown en las intertextualidades literarias de algunos de los relatos que se presentan en este libro: de Poe a Shakespeare, de Whitman a Dickens, de Henry James a Tolstoi, de *Las mil y una noches* a la tradición más ancestral de los cuentos de hadas; cada pasaje de escritura/obra de estos escritores influye en el armado del rompecabezas de los casos a los cuales debe enfrentarse el cura.

Incluso puede darse un paso final más. Seguramente Chesterton leyó "El cuento del Padre Meuron", del escritor inglés R.H. Benson (1871-1914), clérigo anglicano convertido al catolicismo. Si bien el autor de *El candor del Padre Brown* no lo menciona a Benson en la saga del cura/detective (al menos en los relatos elegidos en este volumen), el tono de las historias contadas por el padre Meuron en la casa misional tal vez debe haber dejado una huella en la conciencia o en el inconsciente, a nivel creativo, que cimentó luego en Chesterton, para el desarrollo, desde la década del 10 hasta mediados de los años 30, de la figura del padre Brown.

"El cuento del Padre Meuron" fue incluido en *La antología del cuento extraño,* compilación realizada por Rodolfo Walsh para Editorial Hachette en 1956.

***

En 1907 Chesterton realizó una conferencia en Keghly. Había entre los asistentes un cura párroco de Bradford, que llegó a monseñor y chambelán privado del papa Pío XI. Su nombre: John O'Connor (1870-1952). Chesterton y O'Connor comenzaron una amistad profunda y entrañable; tan afectuosa que el sacerdote de Bradford fue una influencia e inspiración determinante para la creación, por parte del cuentista inglés, de la figura del padre Brown. El modelo de su serie policial. De esta relación, O'Connor publicó en 1937 el libro *Father Brown on Chesterton.*

¿Cuáles son los rasgos más importantes que diseñan el procedimiento de conducta del padre Brown como detective amateur?

Sin desplazar la presencia de la capacidad intelectual y racional, en Brown se despliega la dimensión más intuitiva, que se distancia del pensamiento calculador y puramente deductivo al estilo Holmes, e interviene en determinados momentos que son necesarios para alcanzar el objetivo de resolución del caso. Lo intuitivo como zona vedada a la traslación de la respuesta que se espera desde la lógica. La zona de los impulsos morales inherentes a la condición humana.

La intuición conduce al proceso de la empatía, la "empatía criminalística", a la que el padre Brown adhiere y por la que siente atractivo en su línea investigativa: el intento por ponerse en el lugar del criminal para poder aproximarse a la comprensión de su mundo interior, las conductas, las motivaciones, la compleja psicología del accionar delictivo, la representación filosófica del mal en la mente del asesino. Al intentar entender la espiritualidad del homicida, el sacerdote logra un poder de observación al que nadie accede, sólo él. Y esa entrada selectiva a la oscuridad del pecado, le permite abrir un camino de solución tan personal como intransferible; sus logros son tan particulares que nunca integran ni a la institución policial ni al propio Flambeau, en la etapa de ladrón "reconvertido".

Es en el relato "El secreto del Padre Brown", de 1927, donde todo este planteo se manifiesta de forma más explícita, en la voz directa del sacerdote: "He planificado cada uno de los crímenes muy cuidadosamente. He pensado con exactitud cómo hacerlos, y de qué manera o en qué estado mental alguien podría realizarlos. Y cuando estuve completamente seguro de sentir exactamente como el asesino, entonces, por supuesto, sabía de quién se trataba".

O en el cuento "La cruz azul", el diálogo final del cura y Flambeau (disfrazado de falso sacerdote) también deja traslucir los horrores humanos a los que el célibe ingresa y considera indispensable conocer para aproximarse a la verdad. Brown reflexiona y a la vez persuade a Flambeau acerca de que un hombre que escucha todo el tiempo los pecados de los demás no puede ser otra cosa que un entendido en el tema. Porque contar, narrar, confesar, es convencer, asegura Chesterton en el ensayo *Cómo escribir un cuento policíaco*. Y el cuento de detectives no es más que un juego: el lector juega contra el autor, no contra el criminal.

Lectores del personaje del padre Brown hubo y aún siguen habiendo, en diferentes idiomas, en distintos continentes, lectores/escritores desconocidos, lectores/escritores conocidos. Uno de los escritores argentinos mundialmente más conocido, leído y estudiado, que fue admirador de las historias de Chesterton, fue Jorge Luis Borges. El autor de *Ficciones* escribió el ensayo "Sobre Chesterton" (*Otras inquisiciones,* 1952), en el cual desarrolla cómo el concepto de imaginación en el literato inglés está supeditado a la razón de la fe católica, "o sea un conjunto de imaginaciones hebreas supeditadas a Platón y a Aristóteles".

Borges dedicó el análisis del funcionamiento de la paradoja en Chesterton; fatigó su escritura admirando la composición visual de la sintaxis "chestertoniana", con frases como "la noche es una nube mayor que el mundo", y reafirmó la provocación, tan afinada en él, de que pudiera haber sido Kafka.

Pero la saga del sacerdote tuvo lectores más impensados en relación con el mecanismo de referencias literarias convencionales. Por ejemplo, el dirigente comunista italiano Antonio Gramsci. Desde la cárcel, seguía con entusiasmo la lectura de la obra de Chesterton, en especial los historias del padre Brown, al considerar al sacerdote el representante (al menos desde la ficción) más fidedigno de la Iglesia católica, capaz de ridiculizar e ironizar desde las páginas de un libro la ortodoxia de la Iglesia anglicana y los hábitos del protestantismo.

Gramsci llegó a escribir: "El padre Brown es un sacerdote católico que utiliza la sutil experiencia psicológica que ha adquirido en el confesionario y la vigorosa casuística moral de la patrística; aunque no desprecia el método científico y la experimentación se apoya fundamentalmente en la deducción y la introspección. De esta forma supera ampliamente a Sherlock Holmes que, a su lado, parece un colegial sabiondo con una visión de la vida bastante limitada".

El largo y sinuoso camino hacia la fe

Novelista, ensayista, periodista, dramaturgo, poeta, crítico literario: Gilbert Keith Chesterton.

El recorrido que el cuentista inglés trazó en relación con las disímiles creencias que fueron parte de los días de su vida, atraviesa los diferentes ismos: ocultismo, espiritismo, agnosticismo, cristianismo, catolicismo.

Entre 1892 y 1900, Chesterton incursionó en sesiones vinculadas con el espiritismo y el interés por la literatura teosófica. La práctica del ocultismo, además, lo atrajo a los juegos con lo demoníaco, como escribiría al final de su existencia en *Autobiografía:* "[...] yo era una de las pocas personas en aquel mundo de diabolismo que realmente creía en los diablos".

Aquellos años significaron también la iniciación en el ejercicio del oficio periodístico, con colaboraciones en revistas y periódicos como *The Speaker, Daily News, Illustrated News, New Witness,* o en el rol de editor de su propio seminario *G.K.'s Weekly.* Y el estudio académico no concluido vinculado con las técnicas del dibujo y la pintura, en la *Slade School* del *University College* de Londres.

Chesterton llegó a declararse "agnóstico militante". Lo expresaba en las páginas del *Daily News:* "[…] el cristianismo es un fragmento de metafísica sin sentido inventado por unas pocas personas". Pero en 1901, al casarse con Frances Blogg, anglicana practicante, el creador del padre Brown comenzó un proceso de acercamiento al cristianismo. Que profundizó en la teología cristiana gracias a los conocimientos impartidos por un amigo de él, el clérigo Conrad Noel, representante del espacio religioso denominado *Christian Social Union.* En la columna periodística que tenía en el *Daily News,* su punto de vista acerca de la temática había cambiado. La escritura contraponía entonces otro tono: "No puedes evadir el tema de Dios, siendo que hables sobre cerdos, o sobre la teoría binominal, estás, todavía, hablando sobre Él".

El largo y sinuoso camino hacia la fe tuvo su año clave en 1922: Chesterton se convierte al catolicismo. Algunos sacerdotes y escritores ejercieron una influencia determinante en el prosista inglés, para que sus pensamientos, su forma de concebir, teorizar y practicar los valores y creencias del mundo, vayan mutando hacia la orientación del culto católico. El cura Ronald Knox, Hilaire Belloc (escritor católico de origen francés), y el ya mencionado padre John O'Connor conformaron la tríada principal de apertura de este sendero religioso que no tendría, para el autor de *El hombre que fue jueves,* vuelta atrás.

La devoción a la iglesia de Roma moldeó la publicación de dos biografías: la de San Francisco de Asís (1923), y la de Santo Tomás de Aquino (1933).

Resulta interesante pensar que la escritura de los dos primeros libros de la saga del padre Brown, *El candor del Padre Brown* y *La sabiduría del Padre Brown,* fueron con Chesterton aún adepto a la doctrina anglicana, la heredera de la Reforma Protestante, que era consensuada por gran parte de la sociedad inglesa de la época. Sin embargo, *La incredulidad del Padre Brown, El secreto del Padre Brown* y *El escándalo del Padre Brown,* los otros tres libros que completan la serie, fueron editados durante la década del 20 y del 30. Chesterton ya era por entonces devoto del catolicismo, en una Inglaterra que rechazaba la necesidad de interpelación directa de los feligreses con la autoridad papal de Roma. Este detalle le valió la pérdida de lectores. Lo afirma Fernando Martínez Laínez en el ensayo "Chesterton: Una vida a contracorriente": "Muchos lectores declaradamente anticatólicos dejaron de leerlo por puro prejuicio, y eso se ha mantenido hasta nuestros días".

Borges formuló la ecuación Padre Brown = misterio = explicaciones demoníacas o mágicas = sustitución por otras cosas de este mundo, en el ensayo "Sobre Chesterton".

Y dejó legitimada literaria y matemáticamente (por el empleo de modo peculiar del razonamiento "lógico intuitivo") el estilo chestertoniano como aporte ineluctable a la historia del policial clásico de enigma.

Luz azul

Bajo la cinta de plata de la mañana, y sobre el reflejo azul del mar, el barco llegó a la costa de Harwich y soltó, como enjambre de moscas, un tropel de gente, entre la cual ni se distinguía ni deseaba hacerse notable el hombre cuyos pasos vamos a seguir.

No; nada en él era extraordinario, salvo el ligero contraste entre su alegre y festivo traje y la seriedad oficial que había en su rostro. Vestía un chaqué gris pálido, un chaleco, y llevaba sombrero de paja con una cinta casi azul. Su rostro, delgado, resultaba trigueño, y se prolongaba en una barba negra y corta que le daba un aire español, que hacía echar de menos el adorno isabelino. Fumaba un cigarrillo con parsimonia de hombre desocupado. Nada hacía presumir que aquel chaqué claro ocultaba una pistola cargada, que en aquel chaleco blanco iba una tarjeta de policía, que aquel sombrero de paja encubría una de las mentes más potentes de Europa. Porque aquel hombre era nada menos que Valentin, jefe de la Policía parisiense, y el más famoso investigador del mundo. Venía de Bruselas a Londres para hacer la captura más comentada del siglo.

Flambeau estaba en Inglaterra. La Policía de tres países había seguido la pista al delincuente de Gante a Bruselas, y de Bruselas al Hoek van Holland. Y se sospechaba que trataría de ocultarse en Londres, aprovechando el tumulto que por entonces causaba en aquella ciudad la celebración del Congreso Eucarístico. No sería difícil que adoptara, para viajar, el disfraz de eclesiástico menor, o persona relacionada con el Congreso. Pero Valentin no sabía nada. Acerca de Flambeau nadie sabía nada.

Hacía muchos años que este coloso del crimen había desaparecido súbitamente, luego de haber tenido al mundo en zozobra; y a su muerte, como a la muerte de Rolando, puede decirse que hubo una gran quietud en la tierra. Pero en sus mejores días —es decir, en sus peores días—, Flambeau era una figura tan estatuaria e internacional como el Káiser. Casi diariamente los periódicos de la mañana anunciaban que había logrado escapar a las consecuencias de un delito extraordinario, cometiendo otro peor.

Era un gascón de estatura gigantesca y gran fuerza física. Sobre sus rasgos de buen humor atlético se contaban las cosas más estupendas: un día tomó al juez de instrucción y lo puso de cabeza "para despejársela". Otro día corrió por la calle de Rivoli con un policía debajo de cada brazo. Y hay que hacerle justicia: esta fuerza casi fantástica sólo la empleaba en ocasiones como las descritas: aunque poco decentes, no sanguinarias.

Sus delitos eran siempre hurtos ingeniosos y de alta categoría. Pero cada uno de sus robos merecía historia aparte y podría considerarse como una especie inédita del pecado. Fue él quien lanzó el negocio de la Gran Compañía Tirolesa de Londres, sin contar con una sola lechería, una sola vaca, un solo carro, una gota de leche, aunque sí con algunos miles de suscriptores. Y a éstos los servía con el sencillísimo procedimiento de acercar a sus puertas los tarros que los lecheros dejaban junto a las puertas de los vecinos. Fue él quien mantuvo una estrecha y misteriosa correspondencia con una joven, cuyas cartas eran invariablemente interceptadas, valiéndose del procedimiento extraordinario de sacar fotografías infinitamente pequeñas de las cartas en los portaobjetos del microscopio. Pero la mayor parte de sus hazañas se distinguían por una sencillez abrumadora. Cuentan que una vez repintó, aprovechándose de la soledad de la noche, todos los números de una calle, con el solo fin de hacer caer en una trampa a un forastero.

No cabe duda de que él es el inventor de un buzón portátil, que solía apostar en las bocacalles de los quietos suburbios, por si los transeúntes distraídos depositaban algún giro postal. Últimamente se había revelado como acróbata formidable; a pesar de su gigantesca mole, era capaz de saltar como un saltamontes y de esconderse en la copa de los árboles como un mono. El gran Valentin, cuando recibió la orden de buscar a Flambeau, comprendió muy bien que sus aventuras no acabarían en el momento de descubrirlo.

Y ¿cómo arreglárselas para descubrirlo? Sobre este punto las ideas del gran Valentin estaban todavía en embrión.

Algo había que Flambeau no podía ocultar, con la inquina de todo el arte para disfrazarse, y era su enorme estatura. Valentin estaba decidido, en cuanto cayera bajo su mirada vivaz alguna vendedora de frutas de desmedida figura, o un granadero corpulento, o una duquesa medianamente desproporcionada, a arrestarlos enseguida. Pero en todo el tren no se había encontrado con nadie que tuviera apariencia de ser un Flambeau disimulado, a menos que los gatos pudieran ser jirafas disimuladas.

Respecto a los viajeros que venían en el mismo vagón, estaba completamente tranquilo. Y la gente que había subido al tren en Harwich o en otras estaciones no pasaba de seis pasajeros. Uno era un empleado del ferrocarril –pequeño él–, que se dirigía a la terminal de la línea. Dos estaciones más allá habían recogido a tres verduleras lindas y pequeñitas, a una señora viuda –diminuta– que procedía de una pequeña ciudad de Essex, y a un sacerdote catolicorromano –muy bajo también– que procedía de un pueblecito de Essex.

Al examinar al último viajero, Valentin renunció a descubrir a su hombre y casi se echó a reír: el cura era la esencia misma de aquellos insulsos habitantes de la zona oriental; tenía una cara redonda y roma, como pudín de Norfolk, unos ojos tan vacíos como el mar del Norte y traía varios paquetitos de papel de estraza que no acertaba a juntar. Sin duda el Congreso Eucarístico había sacado de su estancamiento local a muchas criaturas semejantes, tan ciegas e ineptas como topos desenterrados. Valentin era un escéptico del más severo estilo francés y no sentía amor por el sacerdocio. Pero sí podía sentir compasión, y aquel triste cura bien podía provocar lástima en cualquier alma. Llevaba una paraguas enorme, usado ya, que a cada rato se le caía. Al parecer, no podía distinguir entre los dos extremos de su billete cuál era el de ida y cuál el de vuelta. A todo el mundo le contaba, con una monstruosa candidez, que tenía que andar con mucho cuidado, porque entre sus paquetes de papel traía alguna cosa de legítima plata con unas piedras azules. Esta curiosa mezcolanza de vulgaridad –condición de Essex– y santa simplicidad divirtieron mucho al francés, hasta la estación de Stratford, donde el cura logró bajarse, quién sabe cómo, con todos sus paquetes a cuestas, aunque todavía tuvo que regresar por su paraguas. Cuando lo vio volver, Valentin, en un rapto de buena intención, le aconsejó que, en adelante, no le anduviera contando a todo el mundo lo del objeto de plata que traía. Pero Valentin, cuando hablaba con cualquiera, parecía estar tratando de descubrir a otro; a todos, ricos y pobres, machos o hembras, los consideraba atentamente, calculando si medirían los seis pies, porque el hombre a quien buscaba tenía seis pies y cuatro pulgadas.

Se apeó en la calle de Liverpool, enteramente seguro de que, hasta allí, el criminal no se le había escapado. Se dirigió a Scotland Yard –la oficina de Policía– para regularizar su situación y prepararse los auxilios necesarios, por si se daba el caso; después encendió otro cigarrillo y comenzó a pasear por las calles de Londres. Al pasar la plaza de Victoria se detuvo. Era una plaza elegante, tranquila, muy típica de Londres, llena de accidental quietud. Las casas, grandes y espaciosas, que la rodeaban tenían aire, a la vez, de riqueza y de soledad; el prado verde que había en el centro parecía tan desierto como una verde isla del Pacífico. De las cuatro calles que circundaban la plaza, una era mucho más alta que las otras, como para formar un estrado, y esta calle estaba rota por uno de esos admirables despropósitos de Londres:

un restaurante, que parecía extraviado en aquel sitio y venido del barrio de Soho. Era un lugar absurdo y atractivo, lleno de tiestos con plantas enanas y cortinas listadas de blanco y amarillo limón. Aparecía en lo alto de la calle y, según los modos de construir habituales en Londres, un vuelo de escalones subía de la calle hacia la puerta principal, casi a manera de escalera de salvamento sobre la ventana de un primer piso. Valentin se detuvo, fumando, frente a los velos listados y se quedó un rato contemplándolos.

Lo más increíble de los milagros está en que acontezcan. A veces se juntan las nubes del cielo para figurar el extraño contorno de un ojo humano; a veces, en el fondo de un paisaje equívoco, un árbol asume la elaborada figura de un signo de interrogación. Yo mismo he visto estas cosas hace pocos días. Nelson muere en el instante de la victoria y un hombre llamado Williams da la casualidad de que asesina un día a otro llamado Williamson: ¡una especie de infanticidio! En suma, la vida posee cierto elemento de coincidencia fantástica, que la gente, acostumbrada a contar sólo con lo prosaico, nunca percibe. Como lo expresa muy bien la paradoja de Poe, la prudencia debiera contar siempre con lo imprevisto.

Arístides Valentin era profundamente francés y la inteligencia francesa es, especial y únicamente, inteligencia. Valentin no era "máquina pensante" –insensata frase, hija del fatalismo y el materialismo modernos–. La máquina solamente es máquina, por cuanto no puede pensar. Pero él era un hombre pensante y, al mismo tiempo, un hombre claro. Todos sus éxitos, tan admirables que parecían cosa de magia, se debían a la lógica, a esa ideación francesa clara y llena de buen sentido. Los franceses electrizan al mundo, no lanzando una paradoja, sino realizando una evidencia. Y la realizan al extremo que puede verse con la Revolución Francesa. Pero, por lo mismo que Valentin entendía el uso de la razón, palpaba sus limitaciones. Sólo el ignorante en motorismo puede hablar de motores sin petróleo; sólo el ignorante en cosas de la razón puede creer que se razone sin sólidos e indisputables principios. Y en el caso no había sólidos principios. A Flambeau le habían perdido la pista en Harwich y, si estaba en Londres, podría encontrárselo en toda la escala que va desde un gigantesco trampista, que recorre los arrabales de Wimbledon, hasta un gigantesco *toast master* en algún banquete del Hotel Métropole. Cuando sólo contaba con noticias tan vagas, Valentin solía tomar un camino y un método que le eran propios.

En casos como éste, Valentin confiaba de lo imprevisto. En casos como éste, cuando no era posible seguir un proceso racional, seguía, fría y cuidadosamente, el proceso de lo irracional. En vez de ir a los lugares más indicados —Bancos, puestos de Policía, sitios de reunión—, Valentin asistía sistemáticamente a los menos indicados: llamaba a las casas vacías, se metía por las calles cerradas, recorría todas las callejas bloqueadas de escombros, se dejaba ir por todas las transversales que lo alejaran inútilmente de las arterias céntricas. Y defendía muy lógicamente este procedimiento absurdo. Decía que, al tener alguna vislumbre, nada hubiera sido peor que aquello; pero, a falta de toda noticia, aquello era lo mejor, porque había al menos probabilidades de que la misma extravagancia que había llamado la atención del perseguidor hubiera impresionado antes al perseguido. El hombre tiene que empezar sus investigaciones por algún sitio y lo mejor era empezar donde otro hombre pudo detenerse. El aspecto de aquella escalinata, la misma quietud y curiosidad del restaurante, todo aquello conmovió la romántica imaginación del policía y le sugirió la idea de probar fortuna. Subió las gradas y, sentándose en una mesa junto a la ventana, pidió una taza de café solo.

Aún no había almorzado. Sobre la mesa, las ligeras angarillas que habían servido para otro desayuno le recordaron su apetito; pidió, además, un huevo escalfado y procedió, pensativo, a endulzar su café, sin olvidar a Flambeau. Pensaba cómo Flambeau había escapado en una ocasión gracias a un incendio; otra vez, con pretexto de pagar por una carta falta de franqueo, y otra poniendo a algunas personas a ver por el telescopio un cometa que iba a destruir el mundo. Y Valentin se decía —con razón— que su cerebro de detective y el del criminal eran igualmente poderosos. Pero también se daba cuenta de su propia desventaja: "El criminal —pensaba sonriendo— es sólo el crítico". Y levantó lentamente su taza de café hasta los labios, pero la separó al instante: le había puesto sal en vez de azúcar.

Examinó el objeto en que le habían servido la sal; era un azucarero, tan inequívocamente destinado al azúcar como lo está la botella de champaña para el champaña. No entendía cómo habían podido servirle sal. Buscó por allí algún azucarero ortodoxo; sí, allí había dos saleros llenos. Tal vez reservaban alguna sorpresa. Probó el contenido de los saleros, era azúcar. Entonces extendió la vista con aire de interés, buscando algunas huellas de aquel singular gusto artístico que llevaba a poner el azúcar en los saleros y la sal en los azucareros. Salvo un manchón de líquido oscuro, derramado sobre una de las paredes, empapeladas de blanco, todo lo demás aparecía limpio, agradable, normal. Llamó al timbre. Cuando el camarero acudió presuroso, despeinado y algo torpe todavía a aquella hora de la mañana, el detective –que no carecía de gusto por las bromas sencillas– le pidió que probara el azúcar y dijera si aquello estaba a la altura de la reputación de la casa. El resultado fue que el camarero bostezó y acabó de despertarse.

–¿Y todas las mañanas gastan ustedes a sus clientes estas bromitas? –preguntó Valentin–. ¿No les resulta nunca cansada la bromita de trocar la sal y el azúcar?

El camarero, cuando acabó de entender la ironía, le aseguró que no era la intención del establecimiento, que aquello era una equivocación inexplicable. Tomó el azucarero y lo contempló, y lo mismo hizo con el salero, manifestando un creciente asombro. Pidió excusas precipitadamente, se alejó corriendo y volvió pocos segundos después acompañado del propietario. El propietario examinó también los dos recipientes y también se manifestó muy asombrado.

El camarero soltó un manantial inarticulado de palabras.

–Yo creo –dijo tartamudeando– que fueron esos dos sacerdotes.

–¿Qué sacerdotes?

–Esos que arrojaron la sopa a la pared –dijo.

–¿Que arrojaron la sopa a la pared? –preguntó Valentin, figurándose que aquella era alguna singular metáfora italiana.

–Sí, sí –dijo el criado con mucha animación, señalando la mancha oscura que se veía sobre el papel blanco–; la arrojaron allí, a la pared.

Valentin miró con aire de curiosidad al propietario. Este satisfizo su curiosidad con el siguiente relato:

—Sí, caballero, así es la verdad, aunque no creo que tenga ninguna relación con esto de la sal y el azúcar. Dos sacerdotes vinieron muy temprano y pidieron una sopa, en cuanto abrimos. Parecían gente muy tranquila y respetable. Uno de ellos pagó la cuenta y salió. El otro, que era más pausado en sus movimientos, estuvo algunos minutos recogiendo sus cosas y después salió también. Pero antes de hacerlo tomó deliberadamente la taza (no se la había bebido toda), y arrojó la sopa a la pared. El camarero y yo estábamos en el interior; así que apenas pudimos llegar a tiempo para ver la mancha en el muro y el lugar ya completamente desierto. No es un daño muy grande, pero es una gran desvergüenza. Aunque quise alcanzar a los dos hombres, ya iban muy lejos. Sólo pude advertir que doblaban la esquina de la calle de Carstairs.

El policía se había levantado, puesto el sombrero y empuñado el bastón. En la completa oscuridad en que se movía, estaba decidido a seguir el único indicio anormal que se le ofrecía; y el caso era, en efecto, bastante anormal. Pagó, cerró la puerta de cristales y pronto había doblado también la esquina de la calle.

Por fortuna, aun en los instantes de mayor fiebre, conservaba alerta los ojos. Algo le llamó la atención frente a una tienda, y retrocedió unos pasos para observarlo. La tienda era un almacén popular de comestibles y frutas, y al aire libre estaban expuestos algunos artículos con sus nombres y precios, entre los cuales se destacaban un montón de naranjas y un montón de nueces. Sobre el montón de nueces había un tarjetón que decía, con letras azules: "Naranjas finas de Tánger, dos por un penique". Y sobre las naranjas, una inscripción semejante e igualmente exacta, decía: "Nueces finas del Brasil, a cuatro la libra". Valentin, considerando los dos tarjetones, pensó que aquella forma de humorismo no le era desconocida, por su experiencia de hacía poco rato. Llamó la atención del frutero sobre el caso. El frutero, con su cara bermeja y su aire estúpido, miró a uno y otro lado de la calle como preguntándose la causa de aquella confusión. Y, sin decir nada, colocó cada letrero en su sitio. El policía, apoyado con elegancia en el bastón, siguió examinando la tienda. Entonces dijo:

—Perdone usted, señor mío, mi indiscreción: quisiera hacerle a usted una pregunta referente a la psicología experimental y a la asociación de ideas.

El comerciante de cara bermeja lo miró de un modo amenazador. El detective, blandiendo el bastoncillo en el aire, continuó alegremente:

—¿Qué hay de común entre dos anuncios mal colocados en una frutería y el sombrero de teja de alguien que ha venido a pasar en Londres un día de fiesta? O, para ser más claro: ¿qué relación mística existe entre estas nueces, anunciadas como naranjas, y la idea de dos clérigos, uno muy alto y otro muy pequeño?

Los ojos del tendero parecieron salírsele de la cabeza, como los de un caracol.

Por un instante parecía que se iba a arrojar sobre el extranjero. Y, al fin, exclamó, iracundo:

—No sé lo que tendrá usted que ver con ellos, pero, si son amigos de usted, dígales de mi parte que les voy a romper la cabeza, aunque sean párrocos, como vuelvan a tumbarme mis manzanas.

—¿De veras? —preguntó el detective con mucho interés—. ¿Le tumbaron a usted las manzanas?

–Como que uno de ellos –repuso el enfurecido frutero– las echó a rodar por la calle. De buena gana lo hubiera agarrado yo, pero tuve que entretenerme en arreglar otra vez el montón.

–Y ¿hacia dónde se encaminaron los párrocos?

–Por la segunda calle, a mano izquierda, y después cruzaron la plaza.

–Gracias –dijo Valentin, y desapareció como por encanto.

A las dos calles se encontró con un policía, y le dijo:

–Oiga usted, un asunto urgente: ¿Ha visto usted pasar a dos clérigos con sombrero de teja?

El policía trató de recordar.

–Sí, señor, los he visto. Por cierto que uno de ellos me pareció ebrio: estaba en mitad de la calle como atontado.

–¿Por qué calle tomaron? –lo interrumpió Valentin.

–Tomaron uno de aquellos ómnibus amarillos que van a Hampstead.

Valentin exhibió su tarjeta oficial y dijo precipitadamente:

–Llame usted a dos de los suyos, que vengan conmigo en persecución de esos hombres.

Y cruzó la calle con una energía tan contagiosa que el pesado policía empezó a caminar también con una obediente agilidad. Antes de dos minutos, un inspector y un hombre en traje de paisano se unieron al detective francés.

–¿Qué se le ofrece, caballero? –comenzó el inspector, con una sonrisa de importancia.

Valentin señaló con el bastón.

–Ya se lo diré a usted cuando estemos en aquel ómnibus –contestó, escurriéndose y abriéndose paso entre el movimiento de la calle. Cuando los tres, jadeantes, se encontraron en la imperial del amarillo vehículo, el inspector dijo:

—Iríamos cuatro veces más de prisa en un taxi.

—Es verdad —le contestó el jefe plácidamente—, siempre que supiéramos adónde vamos.

—Pues, ¿adónde quiere usted que vayamos? —le replicó el otro, asombrado.

Valentin, con aire ceñudo, continuó fumando en silencio unos segundos y después, apartando el cigarrillo, dijo:

—Si usted sabe lo que va a hacer un hombre, adelántesele. Pero si usted quiere descubrir lo que hace, vaya detrás de él. Extravíese donde él se extravíe, deténgase cuando él se detenga, y viaje tan lentamente como él. Entonces verá usted lo mismo que ha visto él y podrá usted adivinar sus acciones y obrar en consecuencia. Lo único que podemos hacer es llevar la mirada alerta para descubrir cualquier objeto extravagante.

—¿Qué clase de objeto extravagante?

—Cualquiera —contestó Valentin y se hundió en un obstinado mutismo.

El ómnibus amarillo recorría las carreteras del Norte. El tiempo transcurría, inacabable. El gran detective no podía dar más explicaciones y acaso sus ayudantes empezaban a sentir una creciente y silenciosa desconfianza. Acaso también empezaban a experimentar un apetito creciente y silencioso, porque la hora del almuerzo ya había pasado y las inmensas carreteras de los suburbios parecían alargarse cada vez más, como las piezas de un infernal telescopio. Era aquel uno de esos viajes en que el hombre no puede menos de sentir que se va acercando al término del universo, aunque se da cuenta de que simplemente ha llegado a la entrada del parque de Tufnell. Londres se deshacía ahora en miserables tabernas y en repelentes andrajos de ciudad, y más allá volvía a renacer en calles altas y deslumbrantes y hoteles opulentos. Parecía aquél un viaje a través de trece ciudades consecutivas. El crepúsculo invernal comenzaba ya a vislumbrarse –amenazador– frente a ellos; pero el detective parisiense seguía sentado sin hablar, mirando a todas partes, no perdiendo un detalle de las calles que ante él se desarrollaban. Ya habían dejado atrás el barrio de Camden y los policías iban medio dormidos. Valentin se levantó y, poniendo una mano sobre el hombro de cada uno de sus ayudantes, dio orden de parar. Los ayudantes dieron un salto.

Y bajaron por la escalera a la calle, sin saber con qué objeto los habían hecho bajar. Miraron alrededor, como tratando de averiguar la razón, y Valentin les señaló triunfalmente una ventana que había a la izquierda, en un café suntuoso lleno de adornos dorados. Aquél era el departamento reservado a las comidas de lujo. Había un letrero: Restaurante. La ventana, como todas las de la fachada, tenía una vidriera escarchada y ornamental. Pero en medio de la vidriera había una rotura grande, negra, como una estrella entre los hielos.

–¡Al fin!, hemos dado con un indicio –dijo Valentin, blandiendo el bastón–. Aquella vidriera rota.

–¿Qué vidriera? ¿Qué indicio? –preguntó el inspector–. ¿Qué prueba tenemos para suponer que eso sea obra de ellos?

Valentin casi rompió su bambú de rabia.

–¿Pues no pide prueba este hombre, Dios mío? –exclamó–. Claro que hay veinte probabilidades contra una. Pero, ¿qué otra cosa podemos hacer? ¿No ve usted que estamos en el caso de seguir la más nimia sospecha, o de renunciar e irnos a casa a dormir tranquilamente?

Empujó la puerta del café, seguido de sus ayudantes, y rápidamente se encontraron todos sentados ante un almuerzo tan tardío como helado. A cada instante, miraban a la vidriera rota. Pero no por eso veían más claro el asunto.

Al pagar la cuenta, Valentin le dijo al camarero:

—Veo que se ha roto la vidriera, ¿eh?

—Sí, señor —dijo éste, muy preocupado con darle el cambio, y sin hacer mucho caso de Valentin.

Valentin, en silencio, añadió una propina considerable. Ante esto, el camarero se puso comunicativo:

—Sí, señor; una cosa increíble.

—¿De veras? Cuéntenos usted cómo fue —dijo el detective, como sin darle mucha importancia.

—Verá usted: entraron dos curas, dos párrocos forasteros de esos que andan ahora por aquí. Pidieron alguna cosa de comer, comieron muy tranquilos, uno de ellos pagó y salió. El otro iba a salir también, cuando yo advertí que me habían pagado el triple de lo debido. "Oiga usted (le dije a mi hombre, que ya iba por la puerta), me han pagado ustedes más de la cuenta". "¿Ah?", me contestó con mucha indiferencia. "Sí", le dije. Bueno: lo que pasó es inexplicable.

—¿Por qué?

—Porque yo hubiera jurado por la santísima Biblia que había escrito en la nota cuatro chelines, y me encontré ahora con la cifra de catorce chelines.

—¿Y después? —dijo Valentin lentamente, pero con los ojos llameantes.

—Después, el párroco que estaba en la puerta me dijo muy tranquilamente: "Lamento complicarle a usted sus cuentas; pero es que voy a pagar por la vidriera". "¿Qué vidriera?" "La que ahora mismo voy a romper"; y descargó allí la sombrilla.

Los tres lanzaron una exclamación de asombro, y el inspector preguntó en voz baja:

—¿Se trata de locos escapados?

El camarero continuó, complaciéndose manifiestamente en su extravagante relato:

—Me quedé tan espantado, que no supe qué hacer.

El párroco se reunió con el compañero y doblaron por aquella esquina. Y después se dirigieron tan de prisa hacia la calle de Bullock que no pude darles alcance, aunque corrí detrás de ellos.

—¡A la calle de Bullock! —ordenó el detective.

Y salieron hacia allá, tan veloces como sus perseguidos. Ahora se encontraron entre callecitas enladrilladas que tenían aspecto de túneles; callecitas oscuras que parecían formadas por la espalda de todos los edificios. La niebla comenzaba a envolverlos, y aun los policías londinenses se sentían extraviados por aquellos parajes. Pero el inspector tenía la seguridad de que saldrían por cualquier parte al parque de Hampstead. Súbitamente, una vidriera iluminada por luz de gas apareció en la oscuridad de la calle, como una linterna. Valentin se detuvo ante ella: era una confitería. Vaciló un instante y, finalmente, entró hundiéndose entre los brillos y los alegres colores de la confitería. Con gravedad y mucha parsimonia compró hasta trece cigarrillos de chocolate. Estaba buscando el mejor medio para entablar un diálogo; pero no necesitó él comenzarlo.

Una señora de cara angulosa que le había despedido, sin prestar más que una atención mecánica al aspecto elegante del comprador, al ver destacarse en la puerta el uniforme azul del policía que lo acompañaba, pareció volver en sí, y dijo:

—Si vienen ustedes por el paquete, ya lo remití a su destino.

—¡El paquete! —repitió Valentin con curiosidad.

—El paquete que dejó ese señor, ese señor párroco.

—Por favor, señora —dijo entonces Valentin, dejando ver por primera vez su ansiedad—, por amor de Dios, díganos usted puntualmente de qué se trata.

La mujer, algo inquieta, explicó:

—Pues verá usted: esos señores estuvieron aquí hará una media hora, bebieron un poco de menta, charlaron y después se encaminaron al parque de Hampstead. Pero uno de ellos volvió y me dijo: "¿Me he dejado aquí un paquete?" Yo no encontré ninguno, por más que busqué. "Bueno —me dijo él—, si luego aparece por ahí, tenga usted la bondad de enviarlo a esta dirección". Y con la dirección me dejó un chelín por la molestia. Y, en efecto, aunque yo estaba segura de haber buscado bien, poco después me encontré con un paquetito de papel de estraza, y lo envié al sitio indicado. No me acuerdo bien adónde era: era por Westminster. Como parecía ser cosa de importancia, pensé que tal vez la Policía había venido a buscarlo.

—Sí —dijo Valentin—, a eso vine. ¿Está cerca de aquí el parque de Hampstead?

—A unos quince minutos. Y por aquí saldrá usted derecho a la puerta del parque.

Valentin salió de la confitería precipitadamente, y corrió en aquella dirección; sus ayudantes le seguían con esfuerzo y molestos.

La calle que recorrían era tan estrecha y oscura que cuando salieron al aire libre se asombraron de ver que había todavía tanta luz. Una hermosa cúpula celeste, color verde pavo, se hundía entre fulgores dorados, donde resaltaban las masas oscuras de los árboles, ahogadas en lejanías violetas. El verde fulgurante era ya lo bastante oscuro para dejar ver, como unos puntitos de cristal, algunas estrellas. Todo lo que aún quedaba de la luz del día caía en reflejos dorados por Hampstead, y aquellas cuestas que el pueblo gusta de frecuentar y reciben el nombre de Valle de la Salud. Los obreros, endomingados, aún no habían desaparecido; quedaban, ya borrosas en la media luz, unas cuantas parejas por los bancos, y a lo lejos, una muchacha se mecía, gritando, en un columpio. En torno a la sublime vulgaridad del hombre, la gloria del cielo se iba haciendo cada vez más profunda y oscura.

Y de arriba de la cuesta, Valentin se detuvo a contemplar el valle.

Entre los grupitos negros que parecían irse deshaciendo a distancia, había uno, negro entre todos, que no parecía deshacerse: un grupito de dos figuras vestidas con hábitos clericales. Aunque estaban tan lejos que parecían insectos, Valentin pudo darse cuenta de que una de las dos figuras era más pequeña que la otra. Y aunque el otro hombre andaba algo inclinado, como hombre de estudio, como si tratara de no hacerse notar, a Valentin le pareció que bien medía seis pies de talla.

Apretó los dientes y, cimbreando el bambú, se encaminó hacia aquel grupo con impaciencia. Cuando logró disminuir la distancia y agrandar las dos figuras negras, con ayuda del microscopio, notó algo más, algo que le sorprendió mucho, aunque, en cierto modo, ya lo esperaba. Fuera quien fuera el mayor de los dos, no cabía duda respecto a la identidad del menor: era su compañero del tren de Harwich, aquel cura pequeñín y regordete de Essex, a quien él había aconsejado no andar diciendo lo que traía en sus paquetitos de papel de estraza.

Hasta aquí todo se presentaba muy racionalmente. Valentin había logrado averiguar aquella mañana que un tal padre Brown, que venía de Essex, traía consigo una cruz de plata con zafiros, reliquia de considerable valor, para mostrarla a los sacerdotes extranjeros que venían al Congreso. Aquél era, sin duda, "el objeto de plata con piedras azules", y el padre Brown, sin duda, era el propio y diminuto sacerdote que venía en el tren. No había nada de extraño en el hecho de que Flambeau tropezara con la misma extrañeza en que Valentin había reparado. Flambeau no perdía nada de cuanto pasaba junto a él. Y nada de extraño tenía el hecho de que, al oír hablar Flambeau de una cruz de zafiros, se le ocurriera robársela: aquello era lo más natural del mundo. Flambeau se saldría con la suya, teniendo que habérselas con aquel pobre cordero del paraguas y los paquetitos. Era el tipo de hombre en quien todo el mundo puede hacer su voluntad, atarlo con una cuerda y llevárselo hasta el Polo Norte. No era de extrañar que un hombre como Flambeau, disfrazado de cura, hubiera logrado arrastrarlo hasta Hampstead Heath. La intención delictuosa era manifiesta. Y el detective compadecía al pobre cura desamparado, y casi desdeñaba a Flambeau por encarnizarse en víctimas tan indefensas. Pero cuando Valentin recorría la serie de hechos que le habían llevado al éxito de sus pesquisas, en vano se atormentaba tratando de descubrir en todo el proceso el menor ritmo de razón. ¿Qué tenía de común el robo de una cruz de plata y piedras azules con el hecho de arrojar la sopa a la pared? ¿Qué relación había entre esto y el llamar nueces a las naranjas, o el pagar de antemano los vidrios que se van a romper? Había llegado al término de la caza, pero no sabía por cuáles caminos. Cuando fracasaba –y pocas veces le sucedía– solía dar siempre con la clave del enigma, aunque perdiera al delincuente. Aquí había apresado al delincuente, pero la clave del enigma se le escapaba.

Las dos figuras se deslizaban como moscas sobre una colina verde. Aquellos hombres parecían enfrascados en animada charla sin darse cuenta de adónde iban; se encaminaban a lo más agreste y apartado del parque. Sus perseguidores tuvieron que adoptar las poco dignas actitudes de la caza al acecho, ocultarse en las matas y aun arrastrarse escondidos entre la hierba. Gracias a este desagradable procedimiento, los cazadores lograron acercarse a la presa para oír el murmullo de la discusión; pero no lograban entender más que la palabra "razón", frecuentemente repetida en una voz gritona y casi infantil. Una vez más, la presa se les perdió en la profundidad de un muro de espesura. Pasaron diez minutos de angustia antes de que lograran verlos de nuevo, y después reaparecieron los dos hombres sobre la cima de una loma que dominaba un anfiteatro, el cual a estas horas era un escenario desolado bajo las últimas claridades del sol. En aquel sitio ostensible, aunque agreste, había, debajo de un árbol, un banco de palo, desvencijado. Allí se sentaron los dos curas, siempre discutiendo con mucha animación. Todavía el suntuoso verde y oro era perceptible hacia el horizonte; pero ya la cúpula celeste había pasado del verde pavo al azul pavo, y las estrellas se destacaban más y más como joyas sólidas. Por señas, Valentin indicó a sus ayudantes que procuraran acercarse por detrás del árbol sin hacer ruido. Allí lograron, por primera vez, escuchar las palabras de aquellos extraños clérigos.

Luego de haber escuchado unos dos minutos, se apoderó de Valentin una duda atroz: ¿Había arrastrado a los dos policías ingleses hasta aquellos nocturnos campos para una empresa tan loca como sería la de buscar higos entre los cardos? Porque aquellos dos sacerdotes hablaban realmente como verdaderos sacerdotes, piadosamente, con erudición y compostura, de los más abstrusos enigmas teológicos. El cura de Essex hablaba con la mayor sencillez, de cara hacia las nacientes estrellas. El otro inclinaba la cabeza, como si fuera indigno de contemplarlas. Pero no hubiera sido posible encontrar una charla más clerical e ingenua en ningún blanco claustro de Italia o en ninguna negra catedral española.

Lo primero que escuchó fue el final de una frase del padre Brown que decía: "…que era lo que en la Edad Media significaban con aquello de: los cielos incorruptibles".

El sacerdote alto movió la cabeza y repuso:

—¡Ah, sí! Los modernos infieles apelan a su razón; pero, ¿quién puede contemplar estos millones de mundos sin sentir que hay todavía universos maravillosos donde tal vez nuestra razón resulte irracional?

—No —dijo el otro—. La razón siempre es racional, aun en el limbo, aun en el último extremo de las cosas. Ya sé que la gente acusa a la Iglesia de ultrajar la razón; pero es al contrario. La Iglesia es la única que, en la tierra, hace de la razón un objeto supremo; la única que afirma que Dios mismo está sujeto por la razón.

El otro levantó la austera cabeza hacia el cielo estrellado e insistió:

—Sin embargo, ¿quién sabe si en este infinito universo…?

—Infinito sólo físicamente —dijo el cura moviéndose en el asiento—; pero no infinito en el sentido de que pueda escapar a las leyes de la verdad.

Valentin, detrás del árbol, contraía los puños con muda desesperación. Ya le parecía oír las burlas de los policías ingleses a quienes había arrastrado en tan loca persecución, sólo para hacerles asistir al susurro metafísico de los dos viejos y amables párrocos. En su impaciencia, no escuchó la elaborada respuesta del cura gigantesco, y cuando pudo escuchar otra vez, el padre Brown estaba diciendo:

—La razón y la justicia imperan hasta en la estrella más solitaria y más remota: mire usted esas estrellas. ¿No es verdad que parecen como diamantes y zafiros? Imagínese usted la geología, la botánica más fantástica que se le ocurra; piense usted que allí hay bosques de diamantes con hojas de brillantes; imagínese usted que la luna es azul, que es un zafiro elefantino. Pero no se imagine usted que esta astronomía frenética pueda afectar a los principios de la razón y de la justicia. En llanuras de ópalo, como en escolleras de perlas, siempre se encontrará usted con la sentencia: "No robarás".

Valentin estaba para cesar en aquella actitud violenta y alejarse sigilosamente, confesando aquel gran fracaso de su vida; pero el silencio del sacerdote gigantesco le impresionó de un modo que quiso esperar su respuesta. Cuando éste se decidió a hablar dijo simplemente, inclinando la cabeza y apoyando las manos en las rodillas:

—Bueno; yo creo, con todo, que ha de haber otros mundos superiores a la razón humana. Impenetrable es el misterio del cielo, y ante él humillo mi cuerpo.

Y después, siempre en la misma actitud, y sin cambiar de tono de voz, añadió:

—Vamos, deme usted ahora mismo la cruz de zafiros que trae. Estamos solos y puedo destrozarle a usted como a un muñeco.

Aquella voz y aquella actitud inmutables impactaban violentamente con el cambio de asunto. El guardián de la reliquia apenas volvió la cabeza. Parecía seguir contemplando las estrellas. Tal vez, no entendió. Tal vez entendió, pero el terror le había paralizado.

—Sí —dijo el sacerdote gigantesco sin inmutarse—, sí, yo soy Flambeau.

Y, después de una pausa, añadió:

—Vamos, ¿quiere usted darme la cruz?

—No —dijo el otro; y aquel monosílabo tuvo una extraña sonoridad.

Flambeau depuso entonces sus pretensiones pontificales. El gran ladrón se acomodó en el respaldo del banco y soltó la risa.

—No —dijo—, no quiere usted dármela, orgulloso prelado. No quiere usted dármela, célibe borrico. ¿Quiere usted que le diga por qué? Pues porque ya la tengo en el bolsillo del pecho.

El hombre de Essex volvió hacia él, en la penumbra una cara debió de reflejar el asombro. Y con la tímida sinceridad del Secretario Privado, exclamó:

—Pero, ¿está usted seguro?

Flambeau bramó con deleite:

—Verdaderamente —dijo— es usted tan divertido como una farsa en tres actos. Sí, hombre de Dios, estoy enteramente seguro. He tenido la buena idea de hacer una falsificación del paquete, y ahora, amigo mío, usted se ha quedado con el duplicado y yo con la alhaja. Una estratagema muy antigua, padre Brown, muy antigua.

—Sí —dijo el padre Brown alisándose los cabellos con el mismo aire distraído—, ya he oído hablar de ella.

El coloso del crimen se inclinó entonces hacia el rústico sacerdote con un interés repentino.

—¿Usted ha oído hablar de ella? ¿Dónde?

—Bueno —dijo el hombre con mucha candidez—. Ya comprenderá usted que no voy a decirle el nombre. Se trata de un penitente, un hijo de confesión. ¿Sabe usted? Había logrado vivir durante veinte años con gran comodidad, gracias al sistema de falsificar los paquetes de papel de estraza. Y así, cuando comencé a sospechar de usted, me acordé al punto de los procedimientos de aquel pobre hombre.

—¿Sospechar de mí? —repitió el delincuente con curiosidad cada vez mayor—. ¡Tal vez tuvo usted la perspicacia de sospechar cuando vio usted que yo le conducía a estas soledades?

—No, no —dijo Brown, como quien pide excusas—. No, verá usted: yo comencé a sospechar de usted en el momento en que por primera vez nos encontramos, debido al bulto que hace en su manga el brazalete de la cadena que suelen ustedes llevar.

–Pero, ¿cómo demonios ha oído usted hablar siquiera del brazalete?

–¡Qué quiere usted; nuestro pobre rebaño! –dijo el padre Brown, arqueando las cejas con aire indiferente–. Cuando yo era cura de Hartlepool había allí tres con el brazalete. De modo que, habiendo desconfiado de usted desde el primer momento, como usted comprende, quise asegurarme de que la cruz quedaba a salvo de cualquier contratiempo. Y hasta creo que me he visto en el caso de vigilarlo, ¿sabe usted? Finalmente, vi que usted cambiaba los paquetes. Y entonces, vea usted, yo los volví a cambiar. Y después, dejé el verdadero por el camino.

–¿Que lo dejó usted? –repitió Flambeau; y por primera vez, el tono de su voz no fue ya triunfal.

–Vea usted cómo fue –continuó el curita con el mismo tono de voz–. Regresé a la confitería aquella y pregunté si me había dejado por ahí un paquete, y di ciertas señas para que lo remitieran si acaso aparecía después. Yo sabía que no me había dejado antes nada, pero cuando regresé a buscar lo dejé realmente. Así, en vez de correr detrás de mí con el valioso paquete, lo han enviado a estas horas a casa de un amigo mío que vive en Westminster. –Y luego añadió, amargamente–: También esto lo aprendí de un pobre sujeto que había en Hartlepool. Tenía la costumbre de hacerlo con las maletas que robaba en las estaciones; ahora el pobre está en un monasterio. ¡Oh, tiene uno que aprender muchas cosas! ¿sabe usted? prosiguió sacudiendo la cabeza con el mismo aire del que pide excusas–. No puede uno menos que portarse como sacerdote. La gente viene a nosotros y nos lo cuenta todo.

Flambeau sacó de su bolsillo un paquete de papel de estraza y lo hizo pedazos. No contenía más que papeles y unas barritas de plomo. Saltó sobre sus pies revelando su gigantesca estatura, y gritó:

—No le creo a usted. No puedo creer que un farsante como usted sea capaz de eso. Yo creo que trae usted consigo la pieza, y si usted se resiste a dármela, ya ve usted, estamos solos, la tomaré por fuerza.

—No —dijo con naturalidad el padre Brown; y también se puso de pie—. No la tomará usted por la fuerza. Primero, porque realmente no la llevo conmigo. Y segundo, porque no estamos solos.

Flambeau se quedó sorprendido.

—Detrás de este árbol —dijo el padre Brown señalándolo— están dos forzudos policías, y con ellos el detective más notable que hay en la tierra. ¿Me pregunta usted que cómo vinieron? ¡Pues porque yo los atraje, naturalmente! ¿Que cómo lo hice? Pues se lo contaré a usted si cede en su actitud. ¡Por Dios! ¿No comprende que trabajando entre la clase criminal aprendemos muchísimas cosas? Desde luego, yo no estaba seguro de que usted fuera un delincuente, y nunca es conveniente hacer un escándalo contra un miembro de nuestra propia Iglesia. Así, procuré antes probarlo a usted, para ver si, a la provocación, se descubría usted de algún modo. Es de suponer que todo hombre hace algún gesto si se encuentra con que su café está salado; si no lo hace, es que tiene buenas razones para no llamar sobre sí la atención de la gente. Cambié, pues, la sal y el azúcar, y advertí que usted no protestaba. Todo hombre protesta si le cobran tres veces más de lo que debe. Y si se conforma con la cuenta exagerada, es que le importa pasar inadvertido. Yo alteré la nota, y usted la pagó sin decir palabra.

Parecía que el mundo todo estuviera esperando que Flambeau, de un momento a otro, saltara como un tigre.

Pero, por el contrario, se quedó quieto, como si le hubieran amansado con un conjuro; la curiosidad más aguda le tenía como petrificado.

—Pues bien —continuó el padre Brown con pausada lucidez—, como usted no dejaba rastro a la Policía, era necesario que alguien lo dejara, en su lugar. Y dondequiera que fuimos juntos, procuré hacer algo que diera motivo a que se hablara de nosotros por todo el resto del día. No causé daños muy graves por lo demás; una pared manchada, unas manzanas por el suelo, una vidriera rota. Pero, en todo caso, salvé la cruz, porque hay que salvar siempre la cruz. A esta hora está en Westminster. Yo hasta me maravillo de que usted no lo haya estorbado con el silbido del asno.

—¿El qué? preguntó Flambeau.

—Vamos, me alegro de que nunca haya usted oído hablar de eso —dijo el sacerdote con una mueca—. Es una atrocidad. Ya estaba yo seguro de que usted era demasiado bueno, en el fondo, para ser un silbador. Yo no hubiera podido en tal caso contrarrestarlo, ni siquiera con el procedimiento de las marcas; no tengo bastante fuerza en las piernas:

—Pero, ¿de qué me está usted hablando? —preguntó el otro.

—Hombre, creí que conocía usted las marcas —dijo el padre Brown agradablemente sorprendido—. Ya veo que no está usted tan envilecido.

—Pero, ¿cómo diablos está usted pendiente de tantos horrores? —gritó Flambeau.

La sombra de una sonrisa cruzó por la cara redonda y sencilla del clérigo.

—¡Oh, probablemente a causa de ser un borrico célibe! —repuso—. ¿No se le ha ocurrido a usted pensar que un hombre que casi no hace más que escuchar los pecados de los demás no puede menos de ser un poco entendido en la materia? Además, debo confesarle a usted que otra condición de mi oficio me convenció de que usted no era un sacerdote.

—¿Y qué fue? —preguntó el ladrón, alelado.

—Que usted atacó la razón; y eso es de mala teología.

Los tres policías salieron de entre los árboles penumbrosos. Flambeau era un artista, y también un deportista. Dio un paso atrás y saludó con una cortés reverencia a Valentin.

—No; a mí no, *mon ami* —dijo éste con nitidez argentina—. Inclinémonos los dos ante nuestro común maestro.

Y ambos se confesaron con respeto, mientras el cura de Essex hacía como que buscaba su paraguas.

El jardín secreto

Arístides Valentin, jefe de la Policía de París, llegó tarde a la cena, y algunos de sus huéspedes estaban ya en casa. Pero a todos los tranquilizó su criado de confianza, Iván, un viejo que tenía una cicatriz en la cara, y una cara tan gris como sus bigotes, y que siempre se sentaba detrás de una mesita que había en el vestíbulo; un vestíbulo tapizado de armas. La casa de Valentin era tal vez tan célebre y singular como el amo. Era una casa vieja, de altos muros y álamos tan altos que casi sobresalían, vistos desde el Sena; pero la singularidad y acaso el valor policíaco de su arquitectura estaba en esto: que no había más salida a la calle que aquella puerta del frente, resguardada por Iván y por la armería. El jardín era amplio y sinuoso y había varias salidas de la casa al jardín. Pero el jardín no tenía acceso al exterior, y lo circundaba un paredón enorme, liso, inaccesible, con púas en las cercas. No era un mal jardín para los esparcimientos de un hombre a quien cientos de criminales habían jurado matar.

Según Iván explicó a los huéspedes, el amo había anunciado por teléfono que asuntos de última hora le obligaban a retrasarse unos diez minutos. En verdad, estaba dictando algunas órdenes sobre ejecuciones y otras cosas desagradables de esta índole. Y aunque tales menesteres le eran profundamente repulsivos, siempre los atendía con la necesaria exactitud. Tenaz en la persecución de los criminales, era muy suave a la hora del castigo. Desde que había llegado a ser la suprema autoridad policíaca de Francia y de gran parte de Europa, había empleado honorablemente su influencia en el empeño de mitigar las penas y purificar las prisiones. Era uno de esos librepensadores humanitarios que hay en Francia. Su única falta consiste en que su perdón suele ser más frío que su justicia.

Valentin llegó. Estaba vestido de negro; llevaba en la solapa el botoncito rojo. Era una elegante figura. Su barbilla negra tenía ya algunos toques grises. Atravesó la casa y se dirigió inmediatamente a su estudio, situado en la parte posterior. La puerta que daba al jardín estaba abierta. Muy cuidadosamente guardó con llave su estuche en el lugar acostumbrado, y se quedó unos segundos contemplando la puerta abierta hacia el jardín. La luna –dura– luchaba con los jirones y andrajos de nubes tempestuosas. Y Valentin la consideraba con una emoción anhelosa, poco habitual en naturalezas tan científicas como la suya. Acaso estas naturalezas poseen el don psíquico de prever los más tremendos trances de su existencia. Pero pronto se recobró de aquella vaga inconsciencia, recordando que había llegado con retraso y que sus huéspedes lo estarían esperando. Al entrar en el salón, se dio cuenta al instante de que, por lo menos, su huésped de honor aún no había llegado. Distinguió a las otras figuras importantes de su pequeña sociedad: a Lord Galloway, el embajador inglés –un viejo colérico con una cara roja como amapola, que llevaba la banda azul de la Jarretera–; a Lady Galloway, sutil como una hebra de hilo, con los cabellos argentados y la expresión sensitiva y superior. Vio también a su hija, Lady Margaret Graham, pálida y preciosa muchacha, con cara de hada y cabellos color de cobre. Vio a la duquesa de Mont Saint-Michel, de ojos negros, opulenta, con sus dos hijas, también opulentas y ojinegras. Vio al doctor Simon, del estilo del científico francés, con sus gafas, su barbilla oscura, la frente partida por aquellas arrugas paralelas que son el castigo de los hombres de ceño altanero, puesto que proceden de mucho levantar las cejas. Vio al padre Brown, de Cobhole, en Essex, a quien había conocido en Inglaterra recientemente. Vio, tal vez con mayor interés que a todos los otros, a un hombre alto, con uniforme, que acababa de inclinarse ante los Galloway, sin que éstos contestaran a su saludo muy calurosamente, y que a la sazón se adelantaba al encuentro de su huésped para presentarle sus cortesías. Era el comandante O'Brien, de la Legión francesa extranjera; tenía un aspecto entre delicado y fanfarrón, iba todo afeitado, el cabello oscuro, los ojos azules; y, como parecía propio en un oficial de aquel famoso regimiento de los victoriosos fracasos y los afortunados suicidios, su aire era a la vez atrevido y melancólico. Era, por nacimiento, un caballero irlandés y, en su infancia, había conocido a los Galloway y especialmente a Margaret Graham. Había abandonado su patria dejando algunas deudas y ahora daba a entender su absoluta emancipación de la etiqueta inglesa presentándose de uniforme, espada al cinto y espuelas calzadas. Cuando saludó a la familia del embajador, Lord y Lady Galloway le contestaron con rigidez y Lady Margaret miró a otra parte.

Pero si las visitas tenían razones para considerarse entre sí con un interés especial, su distinguido huésped no estaba especialmente interesado en ninguna de ellas. A lo menos, ninguna de ellas era a sus ojos el invitado de la noche. Valentin esperaba, por ciertos motivos, la llegada de un hombre de fama mundial, cuya amistad se había ganado durante sus victoriosas campañas policíacas en los Estados Unidos. Esperaba a Julius K. Brayne, el multimillonario cuyas colosales y aplastantes generosidades para favorecer la propaganda de las religiones no reconocidas habían dado motivo a tantas y tan felices burlas, y a tantas solemnes y todavía más fáciles felicitaciones por parte de la prensa americana y británica. Nadie podía estar seguro de si Mr. Brayne era un ateo, un mormón o un partidario de la ciencia cristiana; pero él siempre estaba dispuesto a llenar de oro todos los cálices intelectuales, siempre que fueran cálices hasta hoy no probados. Una de sus manías era esperar la aparición del Shakespeare americano (cosa que requería de más paciencia que el oficio de pescar). Admiraba a Walt Whitman, pero opinaba que Luke P. Taner, de París (Filadelfia) era mucho más "progresista" que Whitman. Le gustaba todo lo que le parecía "progresista". Y Valentin le parecía "progresista", con lo cual le hacía una grande injusticia.

La deslumbrante aparición de Julius K. Brayne fue como un toque de campana que dio la señal de la cena. Tenía una notable cualidad, de que podemos preciarnos muy pocos: su presencia era tan ostensible como su ausencia. Era enorme, tan gordo como alto; vestía traje de noche, de negro impecable, sin el alivio de una cadena de reloj o de una sortija. Tenía el cabello blanco y lo llevaba peinado hacia atrás, como un alemán; roja la cara, fiera y angelical, con una barbilla oscura en el labio inferior, lo cual transformaba su rostro infantil, dándole un aspecto teatral y mefistofélico. Pero la gente que estaba en el salón no perdió mucho tiempo en contemplar al célebre americano. Su mucha tardanza había llegado a ser ya un problema doméstico y a toda prisa se le invitó a tomar del brazo a Lady Galloway para pasar al comedor.

Los Galloway estaban dispuestos a pasar alegremente por altos todo, salvo en un aspecto: siempre que Lady Margaret no tomara el brazo del aventurero O'Brien, todo estaba bien. Y Lady Margaret no lo hizo así, sino que entró al comedor decorosamente acompañada por el doctor Simon. El viejo Lord Galloway comenzó a sentirse inquieto y a ponerse algo áspero. Durante la cena estuvo bastante diplomático; pero cuando a la hora de los cigarros, tres de los más jóvenes —el doctor Simon, el padre Brown y el equívoco O'Brien, el desterrado con uniforme extranjero— empezaron a mezclarse en los grupos de las damas y a fumar en el invernadero, entonces el diplomático inglés perdió la diplomacia. A cada sesenta segundos lo atormentaba la idea de que el pícaro de O'Brien tratara por cualquier medio de hacer señas a Margaret, aunque no se imaginaba de qué manera. A la hora del café se quedó acompañado de Brayne, el canoso yanqui que creía en todas las religiones, y de Valentin, el peligrisáceo francés que no creía en ninguna. Ambos podían discutir mutuamente cuanto quisieran; pero era inútil que invocaran el apoyo del diplomático. Esta logomaquia "progresista" acabó por ponerse muy aburrida; entonces, Lord Galloway se levantó también y trató de dirigirse al salón. Durante seis u ocho minutos anduvo perdido por los pasillos; al fin oyó la voz aguda y didáctica del doctor y después la voz opaca del clérigo, seguida por una carcajada general. Y pensó con fastidio que tal vez allí estaban también discutiendo sobre la ciencia y la religión. Al abrir la puerta del salón sólo se dio cuenta de una cosa; de quiénes estaban ausentes. El comandante O'Brien no estaba allí; tampoco Lady Margaret.

Abandonó entonces el salón con tanta impaciencia como antes abandonara el corredor, y otra vez se metió por los pasillos. La preocupación por proteger a su hija del pícaro argelino-irlandés se había apoderado de él como una locura. Al acercarse al interior de la casa, donde estaba el estudio de Valentin, tuvo la sorpresa de encontrar a su hija, que pasaba rápidamente con una cara pálida y desdeñosa que era un enigma por sí sola. Si había estado hablando con O'Brien, ¿dónde estaba éste? Si no había estado con él, ¿de dónde venía? Con una sospecha apasionada y senil se internó más en la casa y casualmente dio con una puerta de servicio que comunicaba al jardín. Ya la luna, con su alfanje, había rasgado y deshecho toda nube de tempestad. Una luz de plata bañaba de lleno el jardín. Por el césped vio pasar una alta figura azul camino del estudio. Al reflejo lunar, sus facciones se revelaron: era el comandante O'Brien.

Desapareció, tras la puerta vidriada, en los interiores de la casa, dejando a Lord Galloway en un estado de ánimo indescriptible, a la vez confuso e iracundo. El jardín de plata y azul, como un escenario de teatro, parecía atraerlo tiránicamente con esa insinuación de dulzura tan opuesta al cargo que él desempeñaba en el mundo. La esbeltez y gracia de los pasos del irlandés le habían encolerizado como si, en vez de un padre, fuese un rival; y ahora la luz de la luna lo enloquecía. Una especie de magia pretendía atraparlo, arrastrándolo hacia un jardín de trovadores, hacia una tierra maravillosa de Watteau; y, tratando de emanciparse por medio de la palabra de aquellas amorosas insensateces, se dirigió rápidamente detrás de su enemigo. Tropezó con alguna piedra o raíz de árbol y se detuvo instintivamente a escudriñar el suelo, primero con irritación, y después, con curiosidad. Y entonces la luna y los álamos del jardín pudieron ver un espectáculo inusitado: un viejo diplomático inglés que corría, gritando y aullando como loco.

A sus gritos, un rostro pálido se asomó por la puerta del estudio y se vieron brillar los lentes y aparecer el ceño preocupado del doctor Simon, que fue el primero en oír las primeras palabras, que al fin pudo articular claramente el noble caballero. Lord Galloway gritaba:

—¡Un cadáver sobre la hierba! ¡Un cadáver ensangrentado!

Y ya no pensó más en O'Brien.

—Debemos decirlo al instante a Valentin —observó el doctor, cuando el otro le hubo descrito entre tartamudeos lo que apenas se había atrevido a mirar—. Es una fortuna tenerlo tan a mano.

En este instante, atraído por las voces, el gran detective entraba en el estudio. La típica transformación que se operó en él fue algo casi cómico: había acudido al sitio con el cuidado de un huésped y de un caballero que se figura que alguna visita o algún criado se ha puesto malo. Pero cuando le dijeron que se trataba de un hecho sangriento, al instante se tornó grave, importante, y tomó el aire de hombre de negocios; porque, después de todo, aquello, por abominable e insólito que fuera, era su negocio.

–Amigos míos –dijo, mientras se encaminaba hacia el jardín–, es muy extraño que, después de haber andado por toda la tierra a caza de enigmas, se me ofrezca uno en mi propio jardín. ¿Dónde está?

No sin cierta dificultad cruzaron el césped, porque había comenzado a levantarse del río una niebla ligera. Guiados por el espantado Galloway, encontraron al fin el cuerpo, hundido entre la espesa hierba. Era el cuerpo de un hombre muy alto y de robustas espaldas. Estaba boca abajo, vestido de negro y era calvo, con un escaso vello negro que tenía un aspecto de alga húmeda. De su cara manaba una serpiente roja de sangre.

–Por lo menos –dijo Simon con una voz profunda y extraña–, por lo menos no es ninguno de los nuestros.

–Examínelo usted, doctor –ordenó con cierta brusquedad Valentin–. Bien pudiera no estar muerto.

El doctor se inclinó.

–No está enteramente frío, pero me temo que sí completamente muerto –dijo–. Ayúdenme ustedes a levantarlo.

Lo levantaron cuidadosamente del suelo, y al instante se disiparon, con espantosa certidumbre, todas sus dudas. La cabeza se desprendió del tronco. Había sido completamente cortada. El que había cortado aquella garganta había quebrado también las vértebras del cuello. El mismo Valentin se sintió algo sorprendido.

–El que ha hecho esto es tan fuerte como un gorila –murmuró.

Aunque acostumbrado a los horrores anatómicos, el doctor Simon se estremeció al levantar aquella cabeza. Tenía algún arañazo en la barba y la mandíbula, pero la cara estaba sustancialmente intacta. Era una cara amarilla, pesada, a la vez hundida e hinchada, nariz de halcón, párpados inflados: la cara de un emperador romano prostituido, con ciertos toques de emperador chino. Todos los presentes parecían considerarlo con la fría mirada del que mira a un desconocido. Nada más había de notable en aquel cuerpo, salvo que, cuando lo levantaron, vieron claramente el brillo de una pechera blanca manchada de sangre. Como había dicho el doctor Simon, aquel hombre no era de los suyos, no estaba en la partida, pero bien podía haber tenido el propósito de venir a hacerles compañía, porque vestía el traje de noche propio del caso. Valentin se puso de rodillas, y en esa actitud anduvo examinando con la mayor atención profesional la hierba y el suelo, dentro de un contorno de veinte yardas, tarea en que fue asistido menos concienzudamente por el doctor y sólo convencionalmente por el Lord inglés. Pero sus penas no tuvieron más recompensa que el hallazgo de unas cuantas ramitas partidas o quebradas en trozos muy pequeños, que Valentin recogió para examinar un instante y después arrojó.

–Unas ramas –dijo gravemente–; unas ramas y un desconocido decapitado; es todo lo que hay sobre el césped. Hubo un silencio casi humillante y el agitado Galloway gritó:

–¿Qué es aquello? ¿Aquello que se mueve junto al muro?

A la luz de la luna se veía, en efecto, acercarse una figura pequeña con una enorme cabeza; pero lo que parecía un duende, resultó ser el inofensivo cura, a quien habían dejado en el salón.

–Advierto –dijo con mesura– que este jardín no tiene puerta exterior. ¿No es verdad?

Valentin frunció el ceño con cierto disgusto, como solía hacerlo por principio ante toda sotana. Pero era hombre demasiado justo para disimular el valor de aquella observación.

–Tiene usted razón –contestó–; antes de preguntarnos cómo ha sido muerto, hay que averiguar cómo ha podido llegar hasta aquí. Escúchenme ustedes, señores. Hay que convenir en que– si ello resulta compatible con mi deber profesional– lo mejor será comenzar por excluir de la investigación pública algunos nombres distinguidos. En casa hay señoras y caballeros y hasta un embajador. Si establecemos que este hecho es un crimen, como tal hemos de investigarlo. Pero mientras no lleguemos ahí, puedo obrar con entera discreción. Soy la cabeza de la Policía; persona tan pública que bien puedo atreverme a ser privado. Quiera el cielo que pueda yo solo y por mi cuenta absolver a todos y cada uno de mis huéspedes, antes de que tenga que acudir a mis subordinados para que busquen en otra parte al autor del crimen. Pido a ustedes, por su honor, que no salgan de mi casa hasta mañana a mediodía. Hay alcobas suficientes para todos. Simon, ya sabe usted dónde está Iván, mi hombre de confianza: en el vestíbulo. Dígale usted que deje a otro criado de guardia y venga al instante. Lord Galloway, usted es, sin duda, la persona más indicada para explicar a las señoras lo que sucede y evitar el pánico. También ellas deben quedarse. El padre Brown y yo vigilaremos entretanto el cadáver.

Cuando el genio del capitán hablaba con Valentin, siempre era obedecido como un clarín de órdenes. El doctor Simon se dirigió a la armería y dio la voz de alarma a Iván, el detective privado de aquel detective público. Galloway fue al salón y comunicó las terribles noticias con bastante discreción, de suerte que, cuando todos se reunieron allí, las damas habían pasado ya del espanto al apaciguamiento. Entretanto, el buen sacerdote y el buen ateo permanecían uno a la cabeza y el otro a los pies del cadáver, inmóviles, bajo la luna, estatuas simbólicas de dos filosofías de la muerte.

Iván, el hombre de confianza, de la gran cicatriz y los bigotazos, salió de la casa disparado como una bala de cañón y vino corriendo sobre el césped hacia Valentin, como perro que acude a su amo. Su cara lívida parecía vitalizada con aquel suceso policíaco-doméstico y, con una solicitud casi repugnante, pidió permiso a su amo para examinar los restos.

—Sí, Iván, haz lo que gustes, pero no tardes, debemos llevar dentro el cadáver.

Iván levantó aquella cabeza y casi la dejó caer.

—¡Cómo! —exclamó—; esto, esto no puede ser. ¿Conoce usted a este hombre, señor?

—No —repuso Valentin, indiferente—; más vale que entremos.

Entre los tres depositaron el cadáver sobre un sofá del estudio y después se dirigieron al salón.

El detective, sin vacilar, se sentó tranquilamente junto a un escritorio; su mirada era la mirada fría del juez. Trazó algunas notas rápidas en un papel y preguntó después concisamente:

—¿Están presentes todos?

—Falta Mr. Brayne —dijo la duquesa de Mont Saint-Michel, mirando en derredor.

—Sí —dijo Lord Galloway, con áspera voz— y creo que también falta Mr. Neil O'Brien. Yo lo vi pasar por el jardín cuando el cadáver estaba todavía caliente.

—Iván —dijo el detective—, ve a buscar al comandante O'Brien y a Mr. Brayne. A éste lo dejé en el comedor acabando su cigarro. El comandante O'Brien creo que anda paseando por el invernadero, pero no estoy seguro.

El leal servidor salió corriendo y, antes de que nadie pudiera moverse o hablar, Valentin continuó con la misma militar presteza:

—Todos ustedes saben ya que en el jardín ha aparecido un hombre muerto, decapitado. Doctor Simon: usted lo ha examinado. ¿Cree usted que supone una fuerza extraordinaria el cortar de esta suerte la cabeza de un hombre, o que basta con emplear un cuchillo muy afilado?

El doctor, pálido, contestó:

—Me atrevo a decir que no puede hacerse con un simple cuchillo.

Y Valentin continuó:

—¿Tiene usted alguna idea sobre el arma que hubo que emplear para tal operación?

—Realmente —dijo el doctor arqueando las preocupadas cejas—, en la actualidad no creo que se emplee arma alguna que pueda producir este efecto. No es fácil practicar tal corte, aun con torpeza; mucho menos con la perfección del que nos ocupa. Sólo se podría hacer con un hacha de combate, o con una antigua hacha de verdugo, o con un viejo montante de los que se esgrimían dos manos.

–¡Santos cielos! –exclamó la duquesa con voz histérica–; ¿y no hay aquí, acaso, en la armería, hachas de combate y viejos montantes?

Valentin, siempre dedicado a su papel de notas, dijo, mientras apuntaba algo rápidamente:

–Y dígame usted: ¿podría cortarse la cabeza con un sable francés de caballería?

En la puerta se oyó un golpecito que, quién sabe por qué, produjo en todos un sobresalto, como el golpecito que se oye en *Lady Macbeth*. En medio del silencio glacial, el doctor Simon logró decir:

–¿Con un sable? Sí, creo que se podría.

–Gracias –dijo Valentin–. Entra, Iván.

E Iván, el confidente, abrió la puerta para dejar pasar al comandante O'Brien, a quien se había encontrado paseando otra vez por el jardín.

El oficial irlandés se detuvo desconcertado y receloso en el umbral.

–¿Para qué hago falta? –exclamó.

–Tenga usted la bondad de sentarse –dijo Valentin, procurando ser agradable–. Pero ¿no lleva usted su sable? ¿Dónde lo ha dejado?

–Sobre la mesa de la biblioteca –dijo O'Brien; y su acento irlandés se dejó sentir, con turbación, más que nunca–. Me incomodaba, comenzaba a…

–Iván –interrumpió Valentin–. Haz el favor de ir a la biblioteca por el sable del comandante. –Y cuando el criado desapareció–: Lord Galloway afirma que le vio a usted saliendo del jardín poco antes de tropezar él con el cadáver. ¿Qué hacía usted en el jardín?

El comandante se dejó caer en un sillón, con cierto desfallecimiento.

–¡Ah! –dijo, ahora con el más completo acento irlandés–. Admiraba la luna, comulgaba un poco con la naturaleza, amigo mío.

Se produjo un profundo, largo silencio. Y de nuevo se oyó aquel golpecito a la vez insignificante y terrible. E Iván reapareció trayendo una funda de sable.

–He aquí todo lo que pude encontrar –dijo.

–Ponlo sobre la mesa –ordenó Valentin, sin verlo.

En el salón había una expectación silenciosa e inhumana, como ese mar de inhumano silencio que se forma junto al banquillo de un homicida condenado. Las exclamaciones de la duquesa habían cesado desde hacía rato. El odio profundo de Lord Galloway se sentía satisfecho y amortiguado. La voz que entonces se dejó oír fue la más inesperada.

–Yo puedo decirle… –soltó Lady Margaret, con aquella voz clara, temblorosa, de las mujeres valerosas que hablan en público–. Yo puedo decirle lo que Mr. O'Brien hacía en el jardín, puesto que él está obligado a callar. Estaba sencillamente pidiendo mi mano. Yo se la negué y le dije que mis circunstancias familiares me impedían concederle nada más que mi estimación. Él no pareció muy contento: mi estimación no le importaba gran cosa. Pero ahora –añadió con débil sonrisa–, ahora no sé si mi estimación le importará tan poco como antes: vuelvo a ofrecérsela. Puedo jurar en todas partes que este hombre no cometió el crimen.

Lord Galloway se adelantó hacia su hija, trató de intimidarla hablándole en voz baja:

–Cállate, Margaret –dijo con un cuchicheo perceptible a todos–. ¿Cómo puedes escudar a ese hombre? ¿Dónde está su sable? ¿Dónde, su condenado sable de caballería?

Y se detuvo ante la mirada singular de su hija, mirada que atrajo la de todos a manera de un fantástico imán.

–¡Viejo insensato! –exclamó ella con voz sofocada y sin disimular su impiedad–. ¿Acaso te das cuenta de lo que quieres probar? Yo he dicho que este hombre ha sido inocente mientras estaba a mi lado. Si no fuera inocente, no por eso dejaría de haber estado a mi lado. Y si mató a un hombre en el jardín, ¿quién más pudo verlo? ¿Quién más pudo, al menos, saberlo? ¿Odias tanto a Neil, que no vacilas en comprometer a tu propia hija?

Lady Galloway se echó a llorar. Y todos sintieron el escalofrío de las tragedias satánicas a que arrastra la pasión amorosa. Les pareció ver aquella cara orgullosa y lívida de la aristócrata escocesa y junto a ella la del aventurero irlandés, como viejos retratos en la oscura galería de una casa. El silencio pareció llenarse de vagos recuerdos, de historias de maridos asesinados y de amantes envenenadores.

Y en medio de aquel silencio enfermizo se oyó una voz cándida:

–¿Era muy grande el cigarro?

El cambio de ideas fue tan súbito, que todos se volvieron a ver quién había hablado.

–Me refiero –dijo el diminuto padre Brown–, me refiero al cigarro que Mr. Brayne estaba acabando de fumar. Porque ya me va pareciendo más largo que un bastón.

A pesar de la impertinencia, Valentin levantó la cabeza y no pudo menos que demostrar, en su cara, la irritación mezclada con la aprobación.

–Bien dicho –dijo con sequedad–. Iván, ve a buscar de nuevo a Mr. Brayne y tráenoslo aquí.

En cuanto desapareció, Valentin se dirigió a la joven con gravedad:

–Lady Margaret –comenzó–; estoy seguro de que todos sentimos aquí gratitud y admiración por su acto: ha crecido usted más en su ya muy alta dignidad al explicar la conducta del comandante. Pero todavía queda una laguna. Si no me engaño, Lord Galloway la encontró a usted entre el estudio y el salón y sólo unos minutos después se encontró al comandante, el cual estaba todavía en el jardín.

–Debe usted recordar –repuso Margaret con fingida ironía– que yo acababa de rechazarle; no era, pues, fácil que volviéramos del brazo. Él es, como quiera, un caballero. Y procuró quedarse atrás, ¡y ahora le atribuyen el crimen!

–En esos minutos de intervalo –dijo Valentin gravemente– muy bien pudo...

De nuevo se oyó el golpecito, e Iván asomó su cara señalada:

–Perdón, señor –dijo–, Mr. Brayne ha salido de casa.

–¿Que ha salido? –gritó Valentin, poniéndose en pie por primera vez.

–Que se ha ido, o se ha evaporado –continuó Iván en lenguaje humorístico–. Tampoco aparecen su sombrero ni su gabán y diré algo más para completar: que he recorrido los alrededores de la casa para encontrar su rastro y he dado con uno, y por cierto muy importante.

–¿Qué quieres decir?

–Ahora se verá –dijo el criado; y ausentándose, reapareció con un sable de caballería deslumbrante, manchado de sangre por el filo y la punta.

Todos creyeron ver un rayo. Y el experto Iván continuó tranquilamente:

–Lo encontré entre unos matojos, a unas cincuenta yardas de aquí, camino de París. En otras palabras, lo encontré precisamente en el sitio en que lo arrojó el respetable Mr. Brayne en su fuga.

Hubo un silencio, pero de otra especie. Valentin tomó el sable, lo examinó, reflexionó con una concentración no fingida y después, con aire respetuoso, dijo a O'Brien:

–Comandante, confío en que siempre estará usted dispuesto a permitir que la Policía examine esta arma, si hace falta. Y entretanto –añadió, metiendo el sable en la funda–, permítame usted devolvérsela.

Ante el simbolismo militar de aquel acto, todos tuvieron que dominarse para no aplaudir.

Y, en verdad, para el mismo Neil O'Brien aquello fue la crisis suprema de su vida.

Cuando, al amanecer del día siguiente, andaba otra vez paseando por el jardín, había desaparecido de su semblante la trágica trivialidad que de ordinario le distinguía: tenía muchas razones para considerarse feliz. Lord Galloway, que era todo un caballero, le había presentado la excusa más formal. Lady Margaret era algo más que una verdadera dama: una mujer, y tal vez le había presentado algo mejor que una excusa cuando anduvieron paseando antes del almuerzo por entre las flores. Todos se sentían más animados y humanos, porque, aunque subsistía el enigma del muerto, el peso de la sospecha no caía ya sobre ninguno de ellos, y había huido hacia París el peso en la espalda de aquel millonario extranjero a quien conocían apenas. El diablo había sido desterrado de casa: él mismo se había desterrado.

Con todo, el enigma continuaba, O'Brien y el doctor Simon se sentaron en un banco del jardín, y este interesante personaje científico se puso a resumir los términos del problema. Pero no logró hacer hablar mucho a O'Brien, cuyos pensamientos iban hacia más felices regiones.

—No puedo decir que me interese mucho el problema —dijo francamente el irlandés—, sobre todo ahora que aparece muy claro. Es de suponer que Brayne odiaba a ese desconocido por alguna razón: lo atrajo al jardín y lo mató con mi sable. Después huyó a la ciudad y por el camino arrojó el arma. Iván me dijo que el muerto tenía en uno de los bolsillos un dólar: esto parece explicar mejor las cosas. Yo no veo en todo ello la menor complicación.

—Pues hay cinco complicaciones colosales —dijo el doctor tranquilamente—, metida una dentro de la otra como cinco murallas. Entiéndame usted bien: yo no dudo de que Brayne sea el autor del crimen y me parece que su fuga es bastante prueba. Pero, ¿cómo lo hizo? He aquí la primera dificultad: ¿cómo puede un hombre matar a otro con un sable tan pesado como éste, cuando le es mucho más fácil emplear una navaja de bolsillo y volvérsela a guardar después? Segunda dificultad: ¿por qué no se oyó un grito ni el menor ruido? ¿Puede un hombre dejar de hacer alguna demostración cuando ve adelantarse a otro hombre empuñando su sable? Tercera dificultad: toda la noche ha estado guardando la puerta un criado; ni una rata puede haberse colado de la calle al jardín de Valentin. ¿Cómo pudo entrar este individuo? Cuarta dificultad: ¿cómo pudo Brayne escaparse del jardín?

—¿Y quinta? —dijo Neil fijando los ojos en el sacerdote inglés, que se acercaba a pasos lentos.

–Tal vez sea una insignificancia –dijo el doctor–, pero a mí me parece una cosa muy rara: al ver por primera vez aquella cabeza cortada, supuse desde luego que el asesino había descargado más de un golpe. Y al examinarla más de cerca, descubrí muchos golpes en la parte cortada; es decir, golpes que fueron dados cuando ya la cabeza había sido separada del tronco. ¿Odiaba Brayne en tal grado a su enemigo para estar macheteando su cuerpo una y otra vez a la luz de la luna?

–¡Qué horrible! –dijo O'Brien estremeciéndose.

A estas palabras, ya el pequeño padre Brown se les había acercado, y con su habitual timidez esperaba que acabaran de hablar.

Entonces, dijo:

–Siento interrumpirlos. Me mandan a comunicarles las nuevas noticias.

–¿Nuevas? –repitió Simon, mirándole muy extrañado a través de sus gafas.

–Sí; lo siento –dijo con dulzura el padre Brown–. Sabrán ustedes que ha habido otro asesinato.

Los dos se levantaron de un salto, desconcertados.

–Y lo que todavía es más raro –continuó el sacerdote, contemplando con sus torpes ojos–; el nuevo asesinato pertenece a la misma desagradable especie del anterior: es otra decapitación. Se encontraron la segunda cabeza sangrando en el río, a pocas yardas del camino que Brayne debió tomar para París. De modo que suponen que éste…

–¡Cielos! –exclamó O'Brien–. ¿Será Brayne un monomaníaco?

–Es que también hay "vendettas" americanas –dijo el sacerdote, impasible. Y añadió–: Se desea que vengan ustedes a la biblioteca a verlo.

El comandante O'Brien siguió a los otros hacia el sitio de la averiguación, sintiéndose decididamente enfermo. Como soldado, odiaba las matanzas secretas. ¿Cuándo iban a acabar aquellas extravagantes amputaciones? Primero una cabeza y luego otra. Y se decía amargamente que en este caso falla la regla aquella: dos cabezas valen más que una. Al entrar en el estudio, casi se tambaleó entre una horrible coincidencia: sobre la mesa de Valentin estaba un dibujo en colores que representaba otra cabeza sangrienta: la del propio Valentin. Pronto vio que era un periódico nacionalista llamado *La Guillotine*, que acostumbraba todas las semanas a publicar la cabeza de uno de sus enemigos políticos, con los ojos saltados y los rasgos torcidos, como después de la ejecución; porque Valentin era un anticlerical notorio. Pero O'Brien era un irlandés, que aun en sus pecados conservaba cierta castidad; y se sublevaba ante aquella brutalidad intelectual, que sólo en Francia se encuentra. En aquel momento le pareció sentir a todo París partiendo de las grotescas iglesias góticas, y llegaba hasta las groseras caricaturas de los diarios. Recordó las burlas gigantescas de la Revolución. Y vio a toda la ciudad en un solo espasmo de horrible energía, desde aquel boceto sanguinario que yacía sobre la mesa de Valentin, hasta la montaña y bosque de gárgolas por donde asoman, gesticulando, los enormes diablos de Notre Dame.

La biblioteca era larga, baja y penumbrosa; una luz escasa se filtraba por las cortinas corridas y tenía aún el sonrojo de la mañana. Valentin y su criado Iván estaban esperándolos junto a un vasto escritorio inclinado, donde estaban los mortales restos, que resultaban enormes en la penumbra. La cara amarillenta del hombre encontrado en el jardín no se había alterado. La segunda, encontrada entre las cañas del río aquella misma mañana, goteaba un poco. La gente de Valentin andaba ocupada en buscar el segundo cadáver, que tal vez flotaría en el río. El padre Brown, que no compartía la sensibilidad de O'Brien, se acercó a la segunda cabeza y la examinó con minucia de cegatón. Apenas era más que un montón de blancos y húmedos cabellos, irisados de plata y rojo en la suave luz de la mañana; la cara —un feo tipo sangriento y acaso criminal— se había estropeado mucho contra los árboles y las piedras, al ser arrastrada por el agua.

—Buenos días, comandante O'Brien —dijo Valentin con apacible cordialidad—. Supongo que ya tiene usted noticia del último experimento en carnicería de Brayne.

El padre Brown continuaba inclinado sobre la cabeza de cabellos blancos y dijo sin cambiar de actitud:

—Por lo visto, es enteramente seguro que también esta cabeza la cortó Brayne.

—Es cosa de sentido común, al menos —repuso Valentin con las manos en los bolsillos—. Ha sido arrancada en la misma forma, ha sido encontrada a poca distancia de la otra y tal vez cortada con la misma arma, que ya sabemos que se llevó consigo.

—Sí, sí; ya lo sé —contestó sumiso el padre Brown—. Pero usted comprenderá: yo tengo mis dudas sobre el hecho de que Brayne haya podido cortar esta cabeza.

—Y ¿por qué? —preguntó el doctor Simon con sincero asombro.

—Pues, mire usted, doctor —dijo el sacerdote, pestañeando como de costumbre—: ¿es posible que un hombre se corte su propia cabeza? Yo lo dudo.

O'Brien sintió como si un universo de locura estallara en sus orejas; pero el doctor se adelantó a comprobarlo, levantando los húmedos y blancos mechones.

–¡Oh! No hay la menor duda: es Brayne –dijo el sacerdote tranquilamente–. Tiene exactamente la misma verruga en la oreja izquierda.

El detective, que había estado contemplando al sacerdote con ardiente mirada, abrió su apretada mandíbula y dijo:

–Parece que usted hubiera conocido mucho a ese hombre, padre Brown.

–En efecto –dijo con sencillez–. Lo he tratado algunas semanas. Estaba pensando en convertirse a nuestra Iglesia.

En los ojos de Valentin ardió el fuego del fanatismo; se acercó al sacerdote y, apretando los puños, dijo con candente desdén:

–¿Y tal vez estaba pensando también en dejar a ustedes todo su dinero?

–Tal vez –dijo Brown con imparcialidad–. Es muy posible.

–En tal caso –exclamó Valentin con temible sonrisa–, usted sabía muchas cosas de él, de su vida y de sus...

El comandante O'Brien agarró por el brazo a Valentin.

–Abandone usted ese tono injurioso, Valentin –dijo–, o volverán a lucir los sables.

Pero Valentin, ante la mirada humilde y tranquila del sacerdote, ya se había dominado y dijo simplemente:

–Bueno; para las opiniones privadas siempre hay tiempo. Ustedes, caballeros, están todavía ligados por su promesa; manténganse dentro de ella y procuren que los otros también se mantengan. Iván les contará a ustedes lo demás que deseen saber. Yo voy a trabajar y a escribir a las autoridades. No podemos mantener este secreto por más tiempo. Si hay novedad, estoy en el estudio escribiendo.

–¿Hay más noticias que comunicarnos, Iván? –preguntó el doctor Simon cuando el jefe de Policía hubo salido del cuarto.

–Sólo una, me parece, señor –dijo Iván, arrugando su vieja cara color ceniza–; pero no deja de tener interés. Es algo que se refiere a ése que se encontraron ustedes en el jardín –añadió, señalando sin respeto el enorme cuerpo negro–. Ya le hemos identificado.

–¿De veras? –preguntó el asombrado doctor–. ¿Y quién es?

–Su nombre es Arnold Becker –dijo el ayudante–, aunque usaba muchos apodos. Era un pícaro vagabundo y se sabe que ha andado por América: tal es el hombre a quien Brayne decapitó. Nosotros no habíamos tenido mucho que ver con él, porque trabajaba en Alemania. Nos hemos comunicado con la Policía alemana. Y da la casualidad de que tenía un hermano gemelo, de nombre Louis Becker, con quien mucho hemos tenido que ver: tanto que, ayer apenas, nos vimos en el caso de guillotinarlo. Bueno, caballero, la cosa es de lo más extraña; pero cuando vi anoche a este hombre en el suelo, tuve el mayor susto de mi vida. A no haber visto ayer con mis propios ojos a Louis Becker guillotinado, hubiera jurado que era Louis Becker el que estaba en la hierba. Entonces, naturalmente, me acordé del hermano gemelo que tenía en Alemania, y siguiendo el indicio...

Pero Iván suspendió sus explicaciones, por la excelente razón de que nadie le hacía caso. El comandante y el doctor consideraban al padre Brown, que había dado un salto y se apretaba las sienes, como presa de un dolor súbito.

–¡Alto, alto, alto! –exclamó–. ¡Pare usted de hablar un instante, que ya veo a medias! ¿Me dará Dios bastante fuerza? ¿Podrá mi cerebro dar el salto y descubrirlo todo? ¡Cielos, ayúdenme! En otro tiempo yo solía ser ágil para pensar y podía parafrasear cualquier página del Santo de Aquino. ¿Me estallará la cabeza o lograré ver? ¡Ya veo la mitad, sólo la mitad!

Hundió la cabeza entre las manos, y se mantuvo en una rígida actitud de reflexión o plegaria, en tanto que los otros no hacían más que asombrarse ante aquella última maravilla de aquellas maravillosas últimas doce horas.

Cuando las manos del padre Brown se abrieron, dejaron ver un rostro serio y fresco como el de un niño. Lanzó un gran suspiro y dijo:

—Sea dicho y hecho lo más pronto posible. Escúchenme ustedes: ésta será la mejor manera de convencer a todos de la verdad. Usted, doctor Simon, posee un cerebro poderoso: esta mañana le he oído a usted proponer las cinco dificultades mayores de este enigma. Tenga usted la bondad de proponerlas otra vez y yo trataré de contestarlas.

Al doctor Simon se le cayeron los anteojos de la nariz y, dominando sus dudas y su asombro, contestó al instante:

—Bien; ya lo sabe usted, la primera cuestión es ésta: ¿cómo puede un hombre ir a buscar un enorme sable para matar a otro, cuando, en rigor, le basta con una navaja?

—Un hombre —contestó tranquilamente el padre Brown— no puede decapitar a otro con una navaja, y para ese asesinato especial era necesaria la decapitación.

—¿Por qué? —preguntó O'Brien con mucho interés.

—Segunda cuestión —continuó el padre Brown.

—Allá va: ¿por qué no gritó ni hizo ningún ruido la víctima? —preguntó el doctor—. La aparición de un sable en un jardín no es un espectáculo habitual.

–Ramitas –dijo el sacerdote tétricamente, y se volvió hacia la ventana que daba al escenario del suceso–. Nadie ha visto de dónde procedían las ramitas. ¿Cómo pudieron caer sobre el césped (véanlo ustedes) estando tan lejos los árboles? Las ramas no habían caído solas, sino que habían sido cortadas. El asesino estuvo distrayendo a su víctima jugando con el sable, haciéndole ver cómo podía cortar una rama en el aire, y otras cosas por el estilo. Y cuando la víctima se inclinó para ver el resultado, un furioso tajo le arrancó la cabeza.

–Bien –dijo lentamente el doctor–; eso parece muy posible. Pero las otras dos cuestiones desafían a cualquiera.

El sacerdote seguía contemplando el jardín reflexivamente y esperaba, junto a la ventana, las preguntas del otro.

–Ya sabe usted que el jardín está completamente cerrado, como una cámara hermética –prosiguió el doctor–. ¿Cómo pudo el desconocido llegar al jardín?

Sin darse vuelta, el cura contestó: –Nunca hubo ningún desconocido en ese jardín.

Silencio. Cerca se oyó el ruido de una risotada casi infantil. Lo absurdo de esta intervención del padre Brown movió a Iván a enfrentársele abiertamente.

–¡Cómo! –exclamó–. ¿De modo que no hemos arrastrado anoche hasta el sofá ese cuerpo? ¿De modo que éste no entró al jardín?

–¿Entrar al jardín? –repitió Brown reflexionando–. No; no del todo.

–Pero, ¡señor! –exclamó Simon–: o se entra o no se entra al jardín, imposible el término medio.

–No necesariamente –dijo el clérigo con tímida sonrisa–. ¿Cuál es la cuestión siguiente, doctor?

–Me parece que usted desvaría –dijo el doctor Simon secamente–. Pero, de todos modos, le propondré la cuestión siguiente: ¿cómo logró Brayne salir del jardín?

–Nunca salió del jardín –dijo el sacerdote sin apartar los ojos de la ventana.

–¿Que nunca salió del jardín? –gritó Simon.

–No completamente –dijo el padre Brown.

Simon crispó los puños en señal de contrariedad.

–¡O sale uno del jardín o no sale! –gritó de nuevo.

–No siempre –dijo el padre Brown.

El doctor Simon se levantó con impaciencia.

–No quiero perder más tiempo en estas insensateces –dijo indignado–. Si usted no puede entender el hecho de que un hombre tenga necesariamente que estar de un lado u otro de un muro, no discutamos más.

–Doctor –dijo el clérigo muy cortésmente–, siempre nos hemos entendido muy bien. Aunque sea en nombre de nuestra antigua amistad, espere usted un poco y propóngame la quinta cuestión.

El impaciente doctor se dejó caer sobre una silla que había junto a la puerta y dijo simplemente:

–La cabeza y la espalda han recibido unos golpes muy raros. Parecen dados después de la muerte.

–Sí –dijo el inmóvil sacerdote–, y se hizo así para hacerle suponer a usted el falso supuesto en que ha incurrido: para hacerle a usted dar por establecido que esa cabeza pertenece a ese cuerpo.

Aquella parte del cerebro en que se engendran todos los monstruos se conmovió espantosamente en el gaélico O'Brien. Sintió la presencia caótica de todos los hombres –caballos y mujeres– peces engendrados por la absurda fantasía del hombre. Una voz más antigua que la de sus primeros padres pareció decir a su oído: "Aléjate del monstruoso jardín donde crecen los árboles de doble fruto; huye del perverso jardín donde murió el hombre de las dos cabezas". Pero mientras estas simbólicas y vergonzosas figuras pasaban por el profundo espejo de su alma irlandesa, su intelecto afrancesado se mantenía alerta y contemplaba al extravagante sacerdote tan atenta y tan incrédulamente como los demás.

El padre Brown había dado vuelta la cara; contra la ventana, sólo se veía su silueta. Sin embargo, creyeron adivinar que estaba pálido como la ceniza. Con todo, fue capaz de hablar muy claramente, como si no hubiera en el mundo almas gaélicas.

—Caballeros —dijo—: el cuerpo que encontraron ustedes en el jardín no es el de Becker. En el jardín no había ningún cuerpo desconocido. Y a despecho del racionalismo del doctor Simon, afirmo todavía que Becker sólo estaba parcialmente presente. Vean ustedes —señalando el bulto negro del misterioso cadáver—: no han visto ustedes a este hombre en su vida. ¿Acaso han visto a éste?

Y rápidamente separó la cabeza calva y amarilla del desconocido, y puso en su lugar, junto al cuerpo, la cabeza canosa. Y apareció, completo, unificado, inconfundible, el cadáver de Julius K. Brayne.

—El matador —continuó Brown tranquilamente— cortó la cabeza a su enemigo, y arrojó el sable por encima del muro. Pero era demasiado ladino para sólo arrojar el sable. También arrojó la cabeza por sobre el muro. Y después no tuvo más trabajo que el de ajustarle otra cabeza al tronco, y (según procuró sugerirlo insistentemente en una investigación privada) todos ustedes se imaginaron que el cadáver era el de un hombre totalmente nuevo.

—¡Ajustarle otra cabeza! —dijo O'Brien espantado—. ¿Qué otra cabeza? Las cabezas no se dan en los arbustos del jardín, supongo.

—No —dijo el padre Brown secamente, mirando sus botas—. Sólo se dan en un sitio. Se dan junto a la guillotina, donde Arístides Valentin, el jefe de la Policía, estaba apenas una hora antes del asesinato. ¡Oh, amigos míos! ¡Escúchame un instante antes de destrozarme! Valentin es un hombre honrado, si esto es compatible con estar loco por una causa disputable. Pero ¿no habéis visto nunca en aquellos ojos fríos y grises que está loco? Lo hará todo, "todo" con tal de destruir lo que él llama la superstición de la Cruz. Por eso ha combatido y ha sufrido, y por eso ha matado ahora. Los muchos millones de Brayne se habían dispersado hasta ahora entre tantas sectas que no podían alterar la balanza. Pero hasta Valentin llegó el rumor de que Brayne, como tantos escépticos, se iban acercando hacia nosotros y eso ya era cosa muy diferente. Brayne podía extender abundantes provisiones para robustecer a la empobrecida y combatida Iglesia de Francia; podía mantener seis periódicos nacionalistas como *La Guillotine*. La balanza iba ya a oscilar y el riesgo encendió la llama del fanático. Se decidió, pues, a acabar con el millonario y lo hizo como podía esperarse del más grande de los detectives, resuelto a cometer su único crimen. Sustrajo la cabeza de Becker con algún pretexto criminológico y se la trajo a casa en su estuche oficial. Se puso a discutir con Brayne, y Lord Galloway no quiso esperar al fin de la discusión. Y cuando éste se alejó, condujo a Brayne al jardín cerrado, habló de la maestría en el manejo de las armas, usó unas ramitas y un sable para poner algunos ejemplos, y...

Iván se levantó:

—¡Loco! —gritó—. Ahora mismo le llevo a usted con mi amo; le voy a agarrar por…

—No; si allá voy yo —dijo Brown con aplomo—. Tengo el deber de pedirle que se confiese.

Llevando consigo al desdichado Brown como víctima al sacrificio, todos se apresuraron hacia el silencioso estudio de Valentin.

El gran detective estaba sentado junto a su escritorio, muy ocupado al parecer para percatarse de la ruidosa entrada. Se detuvieron un instante, y el doctor advirtió algo extraño en el aspecto de aquel torso elegante y rígido, y corrió hacia él. Un roce y una mirada le bastaron para permitirle descubrir que, junto al codo de Valentin, había una cajita de píldoras, y que éste estaba muerto en su silla; y en la cara lívida del suicida había un orgullo mayor que el de Catón.

Las pisadas misteriosas

Si alguna vez, lector, te encuentras con un individuo de aquel selectísimo club de Los Doce Pescadores
Legítimos, cuando se dirigen al Vernon Hotel a la comida anual reglamentaria, advertirás, en cuanto se despoje
del abrigo, que su traje de noche es verde y no negro. Si
—suponiendo que tengas la inmensa audacia de dirigirte
a él— le preguntas el porqué, contestará probablemente
que lo hace para que no lo confundan con un camarero,
y tú te retirarás desconcertado. Pero habrás dejado atrás
un misterio todavía no resuelto y una historia digna de
contarse.

Si —para seguir en esta línea de conjeturas improbables— te encuentras con un cura muy suave y muy activo,
llamado el padre Brown, y le interrogas sobre lo que
él considera como la mayor suerte que ha tenido en su
vida, tal vez te conteste que su mejor aventura fue la
del Vernon Hotel, donde logró evitar un crimen y acaso
salvar un alma, gracias al sencillo hecho de haber escuchado unos pasos por un pasillo. Está un poco orgulloso

de la perspicacia que entonces demostró, y no dejará de referirte el caso. Pero como es desde todo punto inverosímil que logres ascender tanto en la escala social para encontrarte con algún individuo de Los Doce Pescadores legítimos, o que te rebajes lo bastante entre los astutos y criminales para que el padre Brown dé contigo, me temo que nunca conozcas la historia, a menos que la escuches de mis labios.

El Vernon Hotel, donde celebraban sus banquetes anuales Los Doce Pescadores Legítimos, era una de esas instituciones que sólo existen en el seno de una sociedad oligárquica, casi enloquecida de buenos modales. Era algo monstruoso; una empresa comercial "exclusiva". Quiere decir que no pagaba por atraer a la gente, sino por alejarla. En el corazón de una plutocracia, los comerciantes acaban por ser bastante sutiles para sentirse más escrupulosos todavía que sus clientes. Crean positivas dificultades, a fin de que su clientela rica y aburrida gaste dinero y diplomacia en triunfar sobre ellas. Si hubiera en Londres un hotel elegante, donde no fueran admitidos los hombres menores de seis pies, la Sociedad organizaría dócilmente partidas de hombres de seis pies para ir a cenar al hotel. Si hubiera un restaurante caro que, por capricho de su propietario, sólo se abriera los jueves por la tarde, lleno de gente se vería los jueves por la tarde. El Vernon Hotel estaba en un ángulo de la plaza de Belgrado. Era un hotel pequeño y muy indecoroso. Pero sus mismas inconveniencias servían de muros protectores para una clase particular. Uno de sus inconvenientes, sobre todo, era considerado como cosa de vital importancia: el hecho de que sólo podían comer simultáneamente en aquel sitio veinticuatro personas. La única mesa grande era la célebre mesa de la terraza al aire libre, en una galería que daba sobre uno de los más exquisitos jardines del antiguo Londres. De modo que los veinticuatro asientos de aquella mesa sólo podían disfrutarse en tiempo de verano; y esto, dificultando aquel placer, lo volvía más deseable. El dueño actual del hotel era un judío llamado Lever, y le sacaba al hotel casi un millón, mediante el procedimiento de hacer difícil su acceso. Cierto que esta limitación de la empresa estaba compensada con el servicio más cuidadoso. Los vinos y la cocina eran de lo mejor de Europa, y la conducta de los criados correspondía exactamente a las maneras estereotipadas de las altas clases inglesas. El amo conocía a sus criados como a los dedos de sus manos; no había más que quince en total. Era más fácil llegar a un miembro del Parlamento que al camarero de aquel hotel. Todos estaban educados en el más terrible silencio y la mayor suavidad, como criados de caballeros. Y, realmente, por lo general, había un criado para cada caballero de los que allí comían.

Y sólo allí podían consentir en comer juntos Los Doce Pescadores Legítimos, porque eran muy exigentes en materia de comodidades privadas; y la sola idea de que los miembros de otro club comieran en la misma casa los hubiera molestado mucho. En ocasión de sus banquetes anuales, los "Pescadores" tenían la costumbre de exponer sus tesoros como si estuvieran en su casa, especialmente el famoso juego de cuchillos y tenedores de pescado, que era, por decirlo así, la insignia de la Sociedad, y en el cual cada pieza había sido labrada en plata bajo la forma de pez, y tenía en el puño una gran perla. Este juego se reservaba siempre para el plato de pescado, y éste era siempre el más magnífico plato de aquellos magníficos banquetes.

La Sociedad observaba muchas reglas y ceremonias, pero no tenía ni historia ni objeto; por eso era tan aristocrática. No había que hacer nada para pertenecer a Los Doce Pescadores; pero si no se era ya persona de cierta categoría, ni esperanza de oír hablar de ellos. Hacía doce años que la Sociedad existía. Presidente, Mr. Audley; vicepresidente, el duque de Chester.

Si he logrado describir el ambiente de este extraordinario hotel, el lector experimentará un legítimo asombro al verme tan bien enterado de cosa tan inaccesible, y mucho más se preguntará cómo una persona tan ordinaria como lo es mi amigo el padre Brown pudo tener acceso a aquel dorado paraíso. Pero en lo que a estos puntos se refiere, mi historia resulta sencilla y hasta vulgar. Hay en el mundo un agitador y demagogo, ya muy viejo, que se desliza hasta los más refinados interiores, contándoles a todos los hombres que son hermanos; y dondequiera que va este jinete montado en su pálido corcel, el padre Brown tiene por oficio seguirlo. Uno de los criados, un italiano, sufrió una tarde un ataque de parálisis, y el amo, judío, aunque maravillado de tales supersticiones, consintió en mandar traer a un sacerdote católico. Lo que el camarero confesó al padre Brown no nos concierne, por el sencillo hecho de que el sacerdote se lo ha callado; pero, según parece, aquello le obligó a escribir cierta declaración para comunicar cierto mensaje o enderezar algún agravio. El padre Brown, en consecuencia, con un impudor humilde, como el que hubiera mostrado en el palacio de Buckingham, pidió que se le proporcionara un cuarto y escritorio de escribir.

Mr. Lever sintió como si le partieran en dos. Era hombre amable, y tenía también esa falsificación de la amabilidad: el temor de provocar dificultades o "escenas". Por otra parte, la presencia de un extranjero en el hotel aquella noche era como un manchón sobre un objeto recién limpiado. Nunca había habido antesala o sitio de espera en el Vernon Hotel; nunca había tenido que aguardar nadie en el vestíbulo, ya que los parroquianos no eran hijos de la casualidad. Había quince camareros; había doce huéspedes. Recibir aquella noche a un huésped nuevo sería tan extraordinario como encontrarse a la hora del almuerzo o del té con un nuevo hermano en la propia casa. Sin contar con que la apariencia del cura era muy de segundo orden, y su traje tenía manchas de lodo, sólo el contemplarlo podía provocar una crisis en el club. Mr. Lever, no pudiendo borrar el mal, inventó un plan para disimularlo. Cuando entran (y nunca entrarán) al Vernon Hotel, se atraviesa un pequeño pasillo decorado con algunos cuadros deslucidos, pero importantes, y se llega al vestíbulo principal, que se abre a mano derecha en unos pasillos por donde se va a los salones, y a mano izquierda en otros pasillos que llevan a las cocinas y servicios del hotel. Inmediatamente de lado izquierdo se ve el ángulo de una oficina con puerta de cristal que viene a dar hasta el vestíbulo: una casa dentro de otra, por decirlo así; donde tal vez estuvo en otro tiempo el bar del hotel precedente.

En esta oficina está instalado el representante del propietario (allí hasta donde es posible, todos se hacen representar por otros) y, algo más allá, camino de la servidumbre, está el vestuario, último término del dominio de los señores. Pero entre la oficina y el vestuario hay un cuartito privado, que el propietario solía usar para asuntos importantes y delicados, como el prestarle a un duque mil libras o excusarse por no poderle facilitar medio chelín. La mejor prueba de la magnífica tolerancia de Mr. Lever consiste en haber permitido que este sagrado lugar fuera profanado durante media hora por un simple sacerdote que necesitaba garabatear unas cosas en un papel. Sin duda, la historia que el padre Brown estaba trazando en aquel papel era mucho mejor que la nuestra; pero nunca podrá ser conocida. Me limitaré a decir que era casi tan larga como la nuestra, y que los dos o tres últimos párrafos eran los menos importantes y complicados.

Porque fue en el instante en que llegaba a estas últimas páginas cuando el sacerdote comenzó a consentir cierta forma errabunda a sus pensamientos, y permitió a sus sentidos animales, muy agudos por lo general, que despertaran. Oscurecía; llegaba la hora de la cena; aquel olvidado cuartito se iba quedando sin luz, y tal vez la oscuridad creciente, como a menudo sucede, afinó los oídos del sacerdote. Cuando el padre Brown redactaba la última y menos importante parte de su documento, se dio cuenta de que estaba escribiendo al compás de un ruidito rítmico que venía del exterior, así como a veces piensa uno a tono con el ruido de un tren. Al darse cuenta de esto, comprendió también de qué se trataba: no era más que el ruido ordinario de los pasos, cosa nada extraña en un hotel. Sin embargo, conforme crecía la oscuridad se aplicaba con mayor ahínco a escuchar el ruido. Luego de haberlo oído algunos segundos como en sueños, se puso de pie y comenzó a oírlo con atención, inclinando un poco la cabeza. Después se sentó otra vez y hundió la cara entre las manos, no sólo para escuchar, sino para escuchar y pensar.

El ruido de los pasos era el ruido propio de un hotel; pero en el conjunto del fenómeno había algo extraño. Más pasos que no se oían. La casa era muy silenciosa, porque los pocos huéspedes habituales se recogían a la misma hora, y los bien educados servidores tenían orden de ser imperceptibles mientras no se les necesitase. No había sitio en que fuera más difícil sorprender la menor irregularidad. Pero aquellos pasos eran tan extraños que no sabía uno si llamarlos regulares o irregulares. El padre Brown se puso a seguirlos con sus dedos sobre la mesa, como el que trata de aprender una melodía en el piano.

Primero se oyó un ruido de pasos apresurados: diríase un hombre de peso ligero en un concurso de paso rápido. Fue entonces cuando los pasos se detuvieron, y recomenzaron lentos y vacilantes; este nuevo paso duró casi tanto como el anterior, aunque era cuatro veces más lento. Cuando este cesó, volvió aquella ola ligera y presurosa, y luego otra vez el golpe del andar pesado. Era indudable que se trataba de un solo par de botas, tanto porque –como ya hemos dicho– no se oía otro andar, como por cierto ruido inconfundible que lo acompañaba. El padre Brown tenía un espíritu que no podía menos que proponerse interrogaciones; y ante aquel problema aparentemente trivial, se puso inquieto. Había visto hombres que corrieran para dar un salto, y hombres que corrieran para deslizarse. Pero ¿era posible que un hombre corriera para andar, o bien que anduviera para correr? Sin embargo, aquel invisible par de piernas no parecía hacer otra cosa. Aquel hombre, o corría medio pasillo para andar después el otro medio, o andaba medio pasillo para darse después el gusto de correr el otro medio. En uno u otro caso, aquello era absurdo. Y el espíritu del padre Brown se oscurecía más y más, como su cuarto.

Poco a poco la oscuridad de la celda pareció aclarar sus pensamientos. Y le pareció ver aquellos fantásticos pies haciendo cabriolas por el pasillo en actitudes simbólicas y no naturales. ¿Se trataba acaso de una danza religioso pagana? ¿O era alguna nueva especie de ejercicio científico? El padre Brown se preguntaba a qué ideas podían exactamente corresponder aquellos pasos. Consideró primero el compás lento: aquello no correspondía al andar del propietario. Los hombres de su especie o andan con rápida decisión o no se mueven. Tampoco podía ser el andar de un criado o mensajero que esperara órdenes; no sonaba a eso. En una oligarquía, las personas subordinadas suelen balancearse cuando están algo ebrias, pero generalmente, y sobre todo en sitios tan imponentes como aquel, o se están quietas o adoptan una marcha forzada. Aquel andar pesado y, sin embargo, elástico, que parecía lleno de descuido y de énfasis no muy ruidoso, pero tampoco cuidadoso de no hacer ruido, sólo podía pertenecer a un animal en la tierra. Era el andar de un caballero de la Europa Occidental, y tal vez de un caballero que nunca había tenido que trabajar.

Al llegar el padre Brown a esta certidumbre, el paso menudito volvió, y corrió frente a la puerta con la rapidez de una rata. Y el padre Brown advirtió que este andar, mucho más ligero que el otro, era también menos ruidoso, como si ahora el hombre anduviera de puntillas. Sin embargo, no sugería la idea del secreto, sino de otra cosa —de otra cosa que Brown no acertaba a recordar—. Y luchaba en uno de esos estados de semirrecuerdo que lo hacen a uno sentirse casi perspicaz. En alguna otra parte había él oído ese andar menudo. Y volvió a levantarse poseído de una nueva idea, y se aproximó a la puerta. Su cuarto no daba directamente al pasillo, sino, por un lado, a la oficina de las vidrieras, y por otro al vestuario. Intentó abrir la puerta de la oficina; estaba cerrada con llave. Se volvió a la ventana, que no era a aquella hora más que un cuadro de vidrio lleno de niebla rojiza al último destello solar; y por un instante le pareció oler la posibilidad de un delito, como el perro huele las ratas.

Su parte racional —fuere o no la mejor— acabó por imponerse en él. Recordó que el propietario le había dicho que cerraría la puerta con llave y después volvería a sacarlo de allí. Y se dijo que aquellos excéntricos ruidos bien pudieran tener mil explicaciones que a él no se le habían ocurrido; y se dijo, además, que apenas le quedaba luz para acabar su tarea. Se acercó a la ventana para aprovechar las últimas claridades de la tarde, y se entregó por entero a la redacción de su texto. Luego de unos veinte minutos, durante los cuales fue teniendo que acercarse cada vez más al papel para poder distinguir las letras, suspendió de nuevo la escritura; otra vez se oían aquellos inexplicables pies.

Ahora había en los pasos una tercera singularidad. Antes parecía que el desconocido andaba, a veces despacio y a veces muy de prisa, pero andaba. Ahora era indudable que corría.

Ahora se oían claramente los saltos de la carrera a lo largo del pasillo, como los de una veloz pantera. El que pasaba parecía ser un hombre agitado y presuroso. Pero cuando desapareció como una ráfaga hacia la región en que estaba la oficina, volvió otra vez el andar lento y vacilante.

El padre Brown arrojó los papeles, y, sabiendo ya que la puerta de la oficina estaba cerrada, se dirigió a la del vestuario. El criado estaba ausente por casualidad, tal vez porque los únicos huéspedes de la casa estaban cenando, y su oficio era una sinecura. Después de andar a tientas por un bosque de gabanes, se encontró con que el pequeño vestuario terminaba en el iluminado pasillo, en un mostrador de ésos que hay en los sitios donde suele uno dejar sus paraguas a cambio de fichas numeradas. Sobre el arco semicircular de esta salida venía a quedar uno de los focos del pasillo. Pero apenas podía alumbrar la cara del padre Brown, que sólo se distinguía como un bulto oscuro contra la nebulosa ventana de Poniente, a sus espaldas. En cambio, el foco iluminaba teatralmente al hombre que andaba por el pasillo.

Era un hombre elegante vestido de frac; aunque alto, no parecía ocupar mucho espacio. Se diría que podía escurrirse como una sombra por donde muchos hombres más pequeños no hubieran podido pasar. Su cara, iluminada a plena luz, era morena y viva. Parecía extranjero. De buena presencia, era atractivo e inspiraba confianza. El crítico sólo hubiera dicho de él que aquel traje negro era una sombra que oscurecía su cara y su aspecto, y que le hacía unos bultos y bolsas desagradables. Al ver la silueta negra de Brown, sacó un billete con un número, y dijo con amable autoridad:

—Déme mi sombrero y mi gabán; tengo que salir al instante.

El padre Brown, sin protestar, tomó el billete y fue a buscar el gabán; no era la primera vez que hacía de criado. Trajo lo que le pedían, y lo puso sobre el mostrador. El caballero, que había estado buscando en el bolsillo del chaleco, dijo riendo:

—No encuentro nada de plata; tome usted esto.

Y le dio media libra esterlina, y tomó el sombrero y el gabán.

La cara del padre Brown permaneció impávida, pero no así el resto de su cuerpo y mente. Siempre el padre Brown valía más cuando entraba en estos estados. En tales momentos sumaba dos y dos, y sacaba un total de cuatro millones. Esto, la Iglesia católica, que está atraída del sentido común, no siempre lo aprueba. Tampoco lo aprobaba siempre el padre Brown. Pero era cosa de inspiración, muy importante en las horas críticas, horas en que sólo salvará su cabeza el que la haya perdido.

—Me parece, señor —dijo con mucha cortesía—, que ha de llevar usted plata en los bolsillos.

—¡Hombre! —exclamó el caballero—. Si yo prefiero darle a usted oro, ¿de qué se queja?

—Porque la plata es, a veces, más valiosa que el oro —dijo el sacerdote—. Quiero decir, en grandes cantidades.

El desconocido lo miró con curiosidad; después miró todavía con más curiosidad hacia la entrada del pasillo. Después contempló otra vez a Brown, y muy atentamente consideró la ventana que estaba a espaldas de éste, todavía coloreada en el crepúsculo de la tarde lluviosa. Y luego, con súbita resolución, puso una mano en el mostrador, saltó sobre él con la agilidad de un acróbata, y se irguió ante el sacerdote, poniéndole en el cuello la poderosa mano.

—¡Quieto! —le dijo con un resoplido—. No quiero amenazarle a usted, pero...

—Pero yo sí quiero amenazarlo a usted —dijo el padre Brown con voz que parecía un redoble de tambor—. Yo quiero amenazarlo con los calores eternos y con el fuego que no se extingue.

—Es usted —dijo el caballero— una extraña alimaña de vestuario.

—Soy un sacerdote, Mr. Flambeau —dijo Brown—, y estoy dispuesto a escuchar su confesión.

El otro se quedó un instante desconcertado, y luego se dejó caer en una silla.

Los dos primeros servicios habían transcurrido en medio de un éxito placentero. No poseo copia del menú de Los Doce Pescadores Legítimos, pero si la poseyera, no aprovecharía a nadie; porque el menú estaba escrito en una especie de superfrancés de cocinero, completamente ininteligible para los franceses. Una de las tradiciones del club era la abundancia y variedad abrumadora de los *hors d'oeuvres*. Se los tomaba muy en serio, por lo mismo que son números extras inútiles, como aquellos mismos banquetes y como el mismo club. También era tradicional que la sopa fuera ligera y de pocas pretensiones: algo como una vigilia austera y sencilla, en previsión del banquete de pescado que venía después. La conversación era esa conversación extraña, trivial, que gobierna al Imperio británico —que lo gobierna en secreto—, y que, sin embargo, resultaría poco ilustrativa para cualquier inglés ordinario, suponiendo que tuviera el privilegio de oírla. A los ministros del Gabinete se les aludía por su nombre de pila, con cierto aire de benignidad y aburrimiento. Al canciller real del Tesoro, a quien todo el partido Tory maldecía a la sazón por sus requerimientos continuos, lo elogiaban por los versitos que solía escribir o por la montura que usaba en las cacerías. Al jefe de los Tories, odiado como tirano por todos los liberales, lo discutían y, finalmente, lo elogiaban por su espíritu liberal. Parecía que concedían mucha importancia a los políticos, y que todo en ellos fuera importante menos su política. Mr. Audley, el presidente, era un anciano afable que todavía gastaba cuellos a lo Gladstone: parecía un símbolo de aquella sociedad, a la vez fantasmagórica y estereotipada. Nunca había hecho nada, ni siquiera un disparate. No era derrochador, ni tampoco singularmente rico. Simplemente, estaba en el refugio y eso bastaba. Nadie, en sociedad, lo ignoraba; y si hubiera querido figurar en el Gabinete, lo habría logrado. El duque de Chester, vicepresidente, era un joven político en ascenso. Quiero decir que era un joven muy agradable, con una cara pecosa, de inteligencia moderada, y dueño de vastas posesiones. En público, siempre tenía éxito, mediante un principio muy sencillo: cuando se le ocurría un chiste, lo soltaba, y todos opinaban que era muy brillante; cuando no se le ocurría ningún chiste, decía que no era tiempo de bromear, y todos opinaban que era muy juicioso. En lo privado, en el seno de un club de su propia clase, se conformaba con ser lo más discreto posible, como un buen chico de escuela. Mr. Audley, que nunca se había metido en política, trataba de estas cosas con una seriedad relativa. A veces, hasta ponía en dificultades a la compañía, dando a entender, por algunas frases, que entre liberales y conservadores existía cierta diferencia. En cuanto a él, era conservador hasta en la vida privada. Le caía sobre la nuca una ola de cabellos grises, como a ciertos estadistas a la antigua; y visto de espaldas, parecía exactamente el hombre que necesitaba la patria. Visto de frente, parecía un solterón suave, tolerante consigo mismo, y con aposento en el Albany, como era la verdad.

Como ya se ha dicho, la mesa de la terraza tenía veinticuatro asientos, y el club sólo constaba de doce miembros.

De modo que éstos podían instalarse muy cómodamente, del lado interior de la mesa, sin tener enfrente a nadie que les estorbara la vista del jardín, cuyos colores eran todavía perceptibles, aunque ya la noche se anunciaba, y algo tétrica, por cierto, para lo que hubiera sido propio de la estación. En el centro de la línea estaba el presidente, y el vicepresidente en el extremo derecho. Cuando los doce individuos se dirigían a sus asientos, era costumbre (quién sabe por cuáles razones) que los quince camareros se alinearan en la pared como tropa que presenta armas al rey, mientras que el obeso propietario se inclinaba ante los huéspedes, fingiéndose muy sorprendido por su llegada, como si nunca hubiera oído hablar de ellos. Pero, antes de que se oyera el primer tintineo de los cubiertos, el ejército de criados desaparecía, y sólo quedaban uno o dos, los indispensables para distribuir los platos con toda rapidez, y en medio de un silencio mortal. Mr. Lever, el propietario, desaparecía también entre reverencias de cortesía. Sería exagerado, y hasta irreverente, decir que volvía a dejarse ver por sus huéspedes. Pero a la hora del plato de solemnidad, del plato de pescado, se sentía algo —¿cómo decirlo?–, se sentía en el ambiente una vívida sombra, una proyección de su personalidad, que anunciaba que el propietario andaba rondando por allí cerca. A los ojos del vulgo, aquel sagrado plato no era más que una especie de monstruoso budín, de aspecto y proporciones de un pastel de boda, donde considerable número de interesantísimos peces habían venido a perder la forma que Dios les dio. Los Doce Pescadores Legítimos empuñaban sus famosos cuchillos y tenedores, y atacaban el manjar tan cuidadosamente cual si cada partícula del budín costara tanto como los mismos cubiertos con que se comía. Y, en efecto, creo que costaba tanto. Y el servicio de honor transcurría en el más profundo silencio de la devoración. Sólo cuando su plato estaba ya casi vacío, el joven duque hizo la observación de ritual:

—Sólo aquí saben hacer esto, no en todas partes.

—En ninguna parte —contestó Mr. Audley en voz de bajo profundo, volviéndose hacia el duque y agitando con convicción su venerable cabeza—. En ninguna parte; sólo aquí. Me habían dicho que en el Café Anglais...

Aquí fue interrumpido un instante por el criado que le cambiaba el plato, pero resumió el hilo preciso de su pensamiento:

—...Me habían dicho que en el Café Anglais hacían lo mismo. Y nada, señor mío —añadió, sacudiendo la cabeza como una marioneta—. Es cosa muy diferente.

—Sitio elogiado más de lo justo —observó un tal coronel Pound, a quien por primera vez oía hablar su interlocutor desde hacía varios meses.

—No sé, no sé —dijo el duque de Chester, que era un optimista—. Yo creo que es una cocina buena para algunas cosas. No es posible superarla, por ejemplo, en...

Un criado llegó en este instante, escurriéndose presuroso junto a la pared, y después se quedó inmóvil. Y todo con el mayor silencio. Pero aquellos caballeros vagos y amables estaban tan acostumbrados a que la invisible maquinaria que rodeaba y sostenía sus vidas funcionara con absoluta suavidad que aquel acto inesperado los sobresaltó como un chirrido. Y sintieron lo que tú y yo, lector, sentiríamos, si nos desobedeciera el mundo inanimado: si, por ejemplo, se corriera una silla. El camarero se quedó inmóvil unos segundos, y en todas las caras apareció una expresión inexplicable de rubor, que es producto característico de nuestro tiempo: un sentimiento en que se combinan las nociones del humanismo moderno con la idea del enorme abismo que separa al rico del pobre. Un aristócrata genuino le hubiera tirado algo a la cabeza al triste camarero, comenzando por las botellas vacías y acabando probablemente por algunas monedas. Un demócrata genuino le hubiera preguntado al instante, con una claridad llena de crudo compañerismo, qué diablos se le había perdido por allí. Pero estos plutócratas modernos no sabían tratar al pobre, ni como se trata al esclavo, ni como se trata al amigo. De modo que una equivocación de la servidumbre los sumergía en un profundo y vergonzoso inconveniente. No querían ser brutales, y temían verse en el caso de ser benévolos. Y todos, interiormente, desearon que "aquello" desapareciera. Y "aquello" desapareció. El camarero, después de quedarse unos instantes más rígido que un cataléptico, dio media vuelta y salió espantado.

Cuando reapareció en la galería, o más bien en la puerta, venía acompañado de otro, con quien secreteaba algo, gesticulando con animación meridional. Después, el primer camarero se fue, dejando en la puerta al segundo, y luego reapareció acompañado de un tercero. Y cuando, un instante después, un cuarto camarero se aproximó al sínodo, Mr. Audley creyó conveniente, en interés del tacto, romper el silencio. Entonces recurrió a una tos estrepitosa, y dijo:

—Es espléndido lo que hace en Birmania el joven Moocher. No hay otra nación en el mundo que pueda...

Un quinto camarero vino hacia él directo como una saeta, y le susurró al oído:

—¡Un asunto muy urgente! ¡Muy importante! ¿Puede el propietario hablar con el señor?

El presidente se volvió muy desconcertado, y con ojos de pánico vio que venía hacia él Mr. Lever con aquella difícil presteza. Aunque éste era su paso habitual, su cara estaba muy alterada: generalmente su cara era de cobre oscuro, y ahora parecía de un amarillo enfermizo.

–Dispénseme usted, Mr. Audley –dijo con fatiga de asmático–. Estoy muy asustado. En los platos de pescado de los señores, ¿se fueron también los cubiertos?

–Sí, naturalmente –contestó el presidente con cierto calor.

–¿Y lo vieron ustedes? –jadeó el amo, espantado–. ¿Vieron ustedes al criado que se los llevó? ¿Lo conocen ustedes?

–¿Conocer al camarero? –contestó indignado Mr. Audley–. No por cierto.

Mr. Lever abrió los brazos con ademán agónico:

–No lo mandé yo –exclamó–. No sé de dónde ni cómo vino. Cuando yo mandé a mi camarero a recoger el servicio, se encontró con que ya lo había recogido alguien antes.

Mr. Audley tenía un aire demasiado azorado para ser el hombre que le estaba haciendo falta a la patria. Nadie pudo articular una palabra, excepto el hombre de palo, el coronel Pound, que parecía galvanizado en una actitud artificial. Se levantó rígido, mientras los demás permanecían sentados, se afianzó el monóculo, y habló así, en un tono enronquecido como si se le hubiera olvidado hablar:

–¿Quiere usted decir que alguien ha robado nuestro servicio de plata?

El propietario repitió el ademán de los brazos, todavía con más desesperación y, de un salto, todos se levantaron.

—¿Están presentes todos sus criados? —preguntó el coronel con su voz dura y fuerte.

—Sí, aquí están todos. Yo lo he advertido —dijo el joven duque adelantando la cara hacia el interior del coro—. Yo los cuento siempre al llegar, cuando están ahí formados en la pared.

—Con todo, no es fácil que uno se acuerde exactamente... —comenzó Mr. Audley.

—Sí, me acuerdo exactamente —gritó el duque—. Nunca ha habido aquí más de quince camareros, y los quince estaban hoy aquí, puedo jurarlo: ni uno más, ni uno menos.

El propietario se volvió a él con un espasmo de sorpresa, y tartamudeó:

—¿Dice usted..., dice usted que vio usted a mis quince camareros?

—Como de costumbre —asintió el duque—. ¿Qué tiene eso de extraño?

—Nada —dijo Lever con un profundo acento—, sino que es imposible: porque uno de ellos ha muerto hoy mismo en el piso alto.

¡Espantoso silencio! Es tan sobrenatural la palabra "muerte", que muy fácil es que todos aquellos ociosos caballeros consideraran su alma por un instante, y su alma les apareciera más miserable que un fruto marchito. Uno de ellos (tal vez el duque) hasta dijo, con la estúpida amabilidad de la riqueza:

—¿Podemos hacer algo por él?

Y el judío, a quien estas palabras conmovieron, contestó:

—Le ha auxiliado un sacerdote.

Y entonces, como al sonido de la trompeta del Juicio, todos se dieron cuenta de su verdadera situación. Por algunos segundos no habían podido menos de sentir que el camarero número quince era el espectro del muerto, que había venido a sustituirle. Y aquel sentimiento los ahogaba, porque los espectros eran para ellos tan incómodos como los mendigos. Pero el recuerdo de la plata rompió el sortilegio brutalmente, volviendo a todos a la realidad. El coronel arrojó su silla y se encaminó hacia la puerta.

—Amigos míos —dijo—, si hay un camarero número quince, ése es el ladrón. Todo el mundo a las puertas para impedir la salida, y después se hará otra cosa. Las veinticuatro perlas del club valen la pena de molestarse un poco. Mr. Audley vaciló, pensando si sería propio de caballeros el darse prisa, aun en semejante circunstancia; pero al ver que el duque se lanzaba a la escalera con juvenil ardor, le siguió, aunque con un ímpetu más graduado a sus años.

En este instante, un sexto camarero entró a decir que acababa de encontrar la pila de platos en un aparador, pero sin la menor huella de los cubiertos.

La multitud de huéspedes y criados desbordada por los pasillos, se dividió en dos grupos. Los de los Pescadores siguieron al propietario a la puerta del frente, para averiguar si alguien había salido. El coronel Pound, con el presidente y vicepresidente y uno o dos más, se dirigieron al corredor, rumbo a los cuartos del servicio; por parecerles un camino más probable para la fuga. Y al pasar junto a la salita o caverna que funcionaba de vestuario, vieron una figura de hombre pequeño, vestido de negro —un criado al parecer—, que estaba perdida en la sombra.

—¡Hola! ¡Aquí! —llamó el duque—. ¿Ha visto usted pasar a alguien?

El hombrecito no contestó directamente, pero dijo:

—Caballeros: tal vez he encontrado ya lo que ustedes buscan.

Se detuvieron todos, asombrados y dudosos, y el hombrecito se dirigió tranquilamente al interior del vestuario, y volvió de allí con las manos llenas de reluciente platería, que depositó sobre el mostrador con la calma de un comerciante en plata. Y entonces se vio que aquella plata era una docena de pares de cubiertos de elegantísima forma.

—Usted, usted… —balbuceó el coronel, perdido por primera vez el aplomo. Y se asomó al cuartito para observar mejor, y pudo descubrir dos cosas: la primera, que el hombre vestido de negro llevaba un traje clerical; y la segunda, que la vidriera del fondo estaba rota, como si alguien hubiera escapado por ella.

—Cosas de mucho valor para depositarlas en un vestuario, ¿no es verdad? —observó el sacerdote con plácida cortesía.

—¿Usted robó esto? —tartamudeó Mr. Audley con ojos relampagueantes.

—Si así fuera —dijo el clérigo en tono burlón—, por lo menos ya lo he devuelto.

—Pero no fue usted... —dijo el coronel Pound, sin quitar los ojos de la vidriera rota.

—Para hablar claro de una vez —contestó el cura, humorísticamente— no he sido yo. —Y, con afectada gravedad, se sentó en un taburete que tenía al lado.

—En todo caso, usted sabe quién fue —dijo el coronel.

—Su verdadero nombre lo ignoro —continuó el otro plácidamente—; pero algo conozco de su fuerza para el combate y de sus problemas espirituales. Me formé idea de la primera cuando trató de estrangularme, y de lo segundo, cuando se arrepintió.

–¡Hombre! ¿Conque se arrepintió? –gritó el joven Chester con un alarde de risa.

El padre Brown se puso de pie:

–Muy extraño, ¿verdad? –dijo–. ¿Es muy raro que un vagabundo aventurero se arrepienta, cuando tantos que viven entre la seguridad y las riquezas continúan su vida frívola, estéril para Dios y para los hombres? Pero aquí, si me permite, le advertiré que invade mi territorio. Si duda usted de la verdad de la penitencia, no tiene usted más que ver esos cuchillos y tenedores. Ustedes son Los Doce Pescadores Legítimos, y ahí tienen ya su servicio para el pescado. En cuanto a mí, a mí, Él me hizo pescador de hombres.

–¿Ha ocultado usted a ese hombre? –preguntó el coronel arrugando el ceño.

El padre Brown lo miró a la cara abiertamente:

–Sí –contestó–. Yo le he pescado con anzuelo invisible y con hilo que nadie ve, y que es lo bastante largo para permitirle errar por los términos del mundo, sin que por eso se liberte.

Hubo un largo silencio. Los presentes se alejaron para llevar a sus camaradas la plata recobrada, o consultar el caso con el propietario. Pero el coronel de la cara gesticulante se sentó en el mostrador, dejando colgar sus largas piernas y mordiéndose los bigotes.

Y, al fin, dijo con mucha calma:

–Ese hombre ha de ser muy inteligente, pero yo creo conocer a otro que lo es más todavía.

–Sí; ese hombre, es muy inteligente –contestó el cura– pero, ¿quién es el otro a quien usted se refiere?

–Es usted –dijo el coronel sonriendo–. Yo no tengo especial empeño en ver al ladrón encarcelado: haga usted con él lo que guste. Pero daría yo muchos tenedores de plata por saber cómo logró hacer esto, y cómo logró usted sacarle la prenda. Me está usted resultando más listo que el mismo demonio.

El padre Brown supo saborear el candor algo saturnino del soldado.

–Bueno, le contestó sonriendo–. Yo no puedo decirle a usted todo lo que sé, por la confesión, sobre la persona y hechos de ese sujeto, pero no tengo razones para ocultarle lo que de él he descubierto por mi propia cuenta.

Y diciendo esto, saltó con agilidad sobre el mostrador, y se sentó junto al coronel Pound, moviendo sus piernitas como un niño. Y comenzó su historia con tanta naturalidad como si contara cuentos a un viejo amigo junto a la hoguera de Navidad.

–Verá usted, coronel. Estaba yo encerrado en ese gabinete, escribiendo, cuando oí unas pisadas por el corredor, tan misteriosas que parecían la danza de la muerte. Primero, unos pasitos rápidos y graciosos, como de hombre que anda de puntillas; después, unos pasos lentos, descuidados, crujientes, como de hombre que pasea fumando un cigarro. Pero ambos provenían de los mismos pies, yo lo hubiera jurado, y se alternaban: primero la carrera, y después el paseo, y otra vez la carrera. Me llamó la atención, y, al fin, me llenó de inquietud el hecho de que un mismo hombre diera las dos especies de pasos. El paseo no me era desconocido; era el paseo de un hombre como usted, coronel, el paseo de un caballero bien nacido que está haciendo tiempo en espera de alguna cosa, y que anda de aquí para allá, más que por impaciencia, por plenitud física. La carrera tampoco me era desconocida, pero no podía yo precisar qué ideas evocaba en mi espíritu. ¿A quién, a qué extraña criatura había yo encontrado en mis andanzas que corriera así, de puntillas, de aquella manera extraordinaria? Después me pareció oír un ruido de platos, y la respuesta a mis interrogaciones me resultó tan clara como la de San Pedro: aquél era el andar presuroso de un criado, el andar con el cuerpo hacia delante y la mirada baja, de puntillas, la cola del frac y la servilleta flotando al aire. Medité un poco. Y creí descubrir y representarme el delito tan claramente como si yo mismo lo fuera a cometer.

El coronel Pound le miró con desconfianza, pero los mansos ojos grises del cura contemplaban el cielo raso con la mayor inocencia.

—Un delito —continuó lentamente— es como cualquier obra de arte. No se extrañe usted de lo que digo: los crímenes y delitos no son las únicas obras de arte que salen de los talleres infernales. Pero toda obra de arte, divina o diabólica, tiene un elemento indispensable, que es la simplicidad esencial, aun cuando el procedimiento pueda ser complicado. Así, en *Hamlet*, por ejemplo, los elementos grotescos: el sepulturero, las flores de la doncella loca, la fantástica elegancia de Osric, la lividez del espectro, el cráneo verdoso, todo ello es como un remolino de extravagancias en torno a la sencilla figura de un hombre vestido de negro. Bien, aquí también —añadió dejándose resbalar suavemente del asiento y con una sonrisa—, aquí también se trata de la sencilla tragedia de un hombre vestido de negro. Sí —prosiguió ante el asombro del coronel—, sí; todo este enredo gira en torno a un frac negro. También aquí, como en *Hamlet*, hay sus excrecencias ridículas: que, en el caso, lo son usted y sus amigos. Hay un camarero muerto, que, a pesar de muerto, se presenta a servir la cena. Hay una mano invisible que limpia la platería de la mesa y después se evapora. Pero todo delito inteligente está fundado en algún hecho simplísimo, en algún hecho no misterioso por sí mismo. Y la mistificación ulterior no tiene más fin que encubrirlo, desviando de él los pensamientos de los hombres. Este delito sutil, generoso, y que en otras circunstancias hubiera resultado muy provechoso, estaba fundado en el hecho sencillísimo de que el frac de un caballero es igual al frac de un camarero. Y todo lo demás fue ejecución y representación, —eso sí— de la más fina.

—Alto —dijo el coronel, poniéndose en pie y contemplando, siempre con el ceño fruncido, sus relucientes botas—; no sé si he entendido bien.

—Coronel —dijo el padre Brown—, le aseguro a usted que ese arcángel de impudor que le robó los cubiertos anduvo de aquí para allá por este corredor, y a plena luz, lo menos unas veinte veces y a la vista de todo el que quiso verlo. No se ocultó en los rincones donde la sospecha pudo ir a buscarlo, sino que anduvo paseando en los pasillos iluminados, y dondequiera que se le sorprendiera, parecía estar ante todo su derecho. No me pregunte usted cómo era. Seis o siete veces le habrá usted visto, sin duda. Usted y sus amigos estaban en el salón del vestíbulo que se encuentra entre este corredor y la terraza, ¿no es eso? Pues bien; cuando nuestro hombre se acercaba a ustedes, a los caballeros, iba con la ligereza de un criado, la cabeza baja, columpiando la servilleta y con pies presurosos. Entraba a la terraza, hacía algo sobre el mantel, y volvía otra vez hacia la oficina y a las regiones de la servidumbre. Y cuando caía bajo la mirada del empleado de la oficina y de los criados, ya era otro: se había transformado en todas y cada una de las pulgadas que su cuerpo mide, y hasta en sus ademanes y gestos instintivos. Y pasaba por entre los criados con la misma insolencia divagadora que los criados están acostumbrados a ver en los amos. Para la servidumbre no es cosa nueva el que los elegantes de los banquetes se pongan a pasear por toda la casa como un animal del jardín zoológico; nada es de mejor gusto y más distinción que el pasear donde a uno le da la gana. Cuando se sentía magníficamente aburrido de pasear por aquel lado, se volvía a la otra región, y cruzaba otra vez frente a la oficina. Y al desbordarse la sombra de este arco, se metamorfoseaba y otra vez llegaba con su trotecito menudo adonde estaban los Pescadores, convertido en criado solícito. Naturalmente, los señores no reparaban en un criado. ¿Y qué podían sospechar los criados de aquel distinguido señor que paseaba de aquí para allá? Una o dos veces se dio el lujo de extremar su juego con la mayor serenidad: en los cuartos del propietario, por ejemplo, se asomó a pedir muy gentilmente un sifón de agua de soda, diciendo que tenía sed. Declaró, humorísticamente, que él mismo se lo llevaría, y así lo hizo en efecto: porque lo llevó al grupo de ustedes con la mayor corrección y rapidez, convertido así en verdadero criado que cumple la orden de un huésped. Claro que esto no podía durar mucho, pero no era necesario que durara más allá del servicio de pescado.

Su peor momento —agregó— fue cuando tuvo que alinearse junto a los demás criados al entrar los caballeros a la terraza. Pero aun entonces se las arregló para venir a quedar en el ángulo del muro, donde los criados pudieran figurarse que era uno de los caballeros, y los caballeros que era uno de los criados. Y lo demás se hizo sin la menor dificultad. Todo camarero que se encontró con él lejos de la mesa lo tomó por un perezoso aristócrata. Y no tuvo más trabajo que acercarse a la mesa dos minutos antes de que acabaran de comer el pescado, transformarse en un activo camarero y levantar los platos. Dejó los platos en cualquier aparador, se rellenó los bolsillos con los cubiertos, de modo que el traje le hacía unos bultos, y corrió como una liebre (yo le oí cuando se acercaba) en dirección hacia este vestuario. Aquí se transformó nuevamente en un plutócrata, en un plutócrata a quien acaban de llamar para algún asunto urgente. Y con identificarse al empleado del vestuario, pudo haberse escapado tan elegantemente como se había escurrido hasta aquí. Sólo que dio la pícara casualidad de que, en ese instante, el empleado del vestuario fuera yo.

—¿Y qué hizo usted? —preguntó el coronel con sobreexcitado interés–, ¿qué le dijo usted?

—Pido a usted mil perdones —dijo, imperturbable, el sacerdote–, pero en este punto acaba mi historia.

—Y es donde empieza la historia interesante —murmuró Pound–. Porque creo haber entendido los manejos profesionales de ese sujeto; pero los de usted, francamente, no los comprendo.

—Tengo que marcharme —dijo el padre Brown.

Y juntos se dirigieron, por el pasillo, al salón vestíbulo, donde se encontraron con la cara fresca y pecosa del duque de Chester, que ruidosamente venía hacia ellos.

—Venga usted acá, Pound —gritó jadeante–. Le he buscado por todas partes. La cena se ha reanudado ya a toda prisa, y el viejo Audley ha dicho un discurso en honor de la recuperación de los cubiertos. Hay que inventar alguna nueva ceremonia para conmemorar el caso; ¿no le parece a usted? ¿Qué se le ocurre?

–¡Cómo! –dijo el coronel, contemplándole con cierta sardónica aprobación–. Pues se me ocurre que, en adelante, nos presentemos siempre aquí de frac verde, en lugar de frac negro. Porque nunca sabe uno a lo que se expone por parecerse tanto a los camareros.

–¡Calle usted! Un caballero no se parece nunca a un criado.

–Ni un criado a un caballero, ¿no es eso? –dijo el coronel Pound con una creciente risa–. ¿Sabe que su amigo ha de ser todo un elegante al haber podido pasar por caballero?

El padre Brown se abrochó el humilde gabán hasta el cuello, porque la noche era tormentosa. Y tomó su modesto paraguas.

–Sí –dijo–. Representar de caballero ha de ser tarea muy ardua; pero, vea usted, yo he creído a veces que es igualmente difícil hacer de criado.

Y diciendo "buenas noches", empujó las pesadas puertas del palacio de los placeres. Las puertas de oro se cerraron detrás de él, y él se echó a andar a toda prisa por esas calles húmedas y oscuras, en busca del ómnibus que cuesta un penique.

Las estrellas errantes

El más hermoso crimen que he cometido –dijo Flambeau un día, en la época de su virtuosa vejez– fue también, por singular coincidencia, mi último crimen. Era una Navidad. Como buen artista, yo siempre procuraba que los crímenes fueran apropiados a la estación del año o al escenario en que me encontraba, escogiendo esta terraza o aquel jardín para una catástrofe, como si de un grupo escultórico se tratara. A los grandes señores, por ejemplo, había que estafarlos en vastos salones revestidos de roble; mientras que a los judíos convenía dejarlos sin posibilidad alguna de defensa cuando menos se lo esperaban, entre las luces y biombos del Café Riche. En Inglaterra, si quería yo despojar de sus riquezas a un deán (cosa no tan fácil como pudiera suponerse), trataba de colocarlo, para entender yo mismo el caso, en los verdes prados, junto a las torres de alguna catedral de provincia. Y cuando en Francia me proponía sacar dinero de algún pícaro labriego ricachón (cosa casi imposible), me agradaba la idea de ver exaltada su indignada cabeza contra el fondo gris de los álamos trasquilados, en esas solemnes llanuras de las Galias donde ronda el potente espíritu de Millet.

Digo que mi último crimen fue en Navidad; un crimen alegre, cómodo, adecuado a la clase media de Inglaterra; un crimen al estilo de Charles Dickens. Lo llevé a cabo en una antigua y cómoda casa que hay junto a Putney; una casa también de clase media, frente a la cual se ve la curva de un paseo de carruajes; una casa con establo, con un nombre inscrito sobre las dos puertas de la reja exterior; una casa a cuya entrada se ve una araucaria. Basta: ya conocen ustedes el género. Yo creo realmente que logré imitar con talento y literatura el estilo de Dickens. Casi es una lástima que esa misma noche se me ocurriera arrepentirme.

Y Flambeau se puso a contar la historia del crimen, visto *por dentro*, y aun visto *por dentro* resultaba extraordinaria. Y contemplada desde fuera resultaba completamente incomprensible. Aunque es *por fuera* como debemos examinarlo los extraños. Desde este punto de vista, puede decirse que el drama comenzó en el instante en que las puertas de aquella casa, que daban al jardín donde estaba la araucaria, se abrieron para dejar salir a una joven que iba a echar migas a los pájaros, en la tarde del Boxing Day. Era una muchacha de linda cara, con díscolos ojos negros; pero sobre el resto todo era una gran conjetura, porque iba tan envuelta en pieles oscuras, que no era fácil distinguir las pieles de sus cabellos. A no ser por la linda cara, se la hubiera tomado por una osa saltarina y pequeña que da sus primeros pasos.

La tarde de invierno parecía enrojecerse al aproximarse a la noche, y ya sobre los macizos flotaba una luz de carmín en la que parecían vivir los espíritus de las rosas marchitas. Muertas. A un lado de la casa, el establo; y al otro, una avenida de laureles, que conducía al vasto jardín del fondo. La muchacha, luego de arrojar las migas a los pájaros (por cuarta o quinta vez sólo aquel día, porque el perro se adelantaba siempre a los pájaros), entró por la avenida de laureles y se dirigió a un sembrado de abetos que brillaban tenuemente. Al llegar allí lanzó una exclamación de sorpresa, real o convencional; a horcajadas en el alto muro que circundaba el jardín había una fantástica figura.

—¡No, no salte usted, Mr. Crook! —dijo muy alarmada—. Está muy alto.

El hombre que colgaba sobre el muro como si montara un caballo gigantesco era alto, anguloso, de cabellos negros y erizados como cepillo, de aire inteligente y hasta distinguido, aunque algo desmedrado y cetrino, lo cual se notaba aún más porque llevaba una corbata de rojo muy llamativo, única prenda en la que parecía cuidarse un poco. Tal vez aquella corbata era un símbolo. Sin preocuparse de los temores de la muchacha, saltó como un saltamontes y cayó junto a ella, sin preocuparse de que pudiera romperse una pierna.

—Yo creo que nací para ladrón —dijo sonriendo—. Y lo hubiera sido, de no haber nacido en la dichosa casa de al lado. Por lo demás, no creo que eso tenga nada de malo.

—¿Cómo puede usted decir eso? —le protestó ella.

—Si usted —continuó el joven— hubiera nacido en el lado equivocado de esta pared, comprendería que está justificado saltar sobre ella.

—Nunca entiendo lo que dice usted ni lo que hace. Qué va a hacer.

—Ni yo tampoco muchas veces —replicó Mr. Crook—. Pero ya estoy del lado correcto de la pared.

—¿Cuál es el lado correcto de la pared? —preguntó la joven sonriendo.

—Dondequiera que usted se encuentre —dijo el llamado Crook.

Cuando, juntos, se encaminaban al jardín delantero por la avenida de laureles, se oyó sonar tres veces una bocina, cada vez más cerca, y un auto elegante, verde pálido, pasó a toda velocidad frente a ellos, como un gran pájaro, y se detuvo ante la puerta vibrando.

—Vamos —dijo el joven de la corbata roja—. Ahí llega alguien de los que han nacido del lado correcto del muro. Miss Adams: no sabía yo que el Santa Claus de su familia fuese tan moderno.

—Es mi padrino, Sir Leopold Fischer. Todos los años viene la víspera de Nochebuena.

Y luego de una pausa inocente, que inconscientemente revelaba una falta de convicción, Ruby Adams añadió:

—Es muy amable.

John Crook, que era periodista, había oído hablar de aquel magnate de la ciudad, y no era culpa suya si el magnate no había oído hablar de él, porque en alguno de sus artículos de *The Clarion* y *The New Age* había tratado duramente a Sir Leopold. Pero no dijo nada, y se limitó a ver la descarga del automóvil. Un chófer atlético, vestido de verde, saltó del asiento, y de atrás brincó un sirviente pequeño, vestido de gris; entre ambos depositaron a Sir Leopold en la escalinata y comenzaron a desenvolverlo cuidadosamente. Poco a poco, fueron quitándole de encima una cantidad de mantas, las suficientes como para llenar un bazar, toda una selva virgen de pieles y bufandas de todos los colores del arco iris, sólo dejaron al descubierto un cuerpo vagamente humano: era la figura de un anciano de aspecto amable, de aire extranjero, con una barbilla gris y una sonrisa plácida, que se frotaba la manos, metidas en unos guantes grandes de piel.

Antes de que la figura humana acabara de revelarse, mucho antes de que terminara el proceso, los dos batientes de la puerta del pórtico se abrieron de par en par, y el coronel Adams, padre de la joven de las pieles, salió a dar la bienvenida a su ilustre huésped. Era Adams un hombre alto, bronceado por el sol, poco aficionado a hablar; llevaba un gorro rojo a la turca, y eso le daba un aire de colonial inglés (uno de esos *sirdars*) o pachás ingleses de Egipto. Al lado estaba su cuñado, recién llegado de Canadá: joven hacendado, de humor amenizado y cuerpo fornido, que tenía una barba rubia y respondía al nombre de James Blount. Y también formaba parte de la compañía una figura algo insignificante: un sacerdote católico de la parroquia vecina. La difunta esposa del coronel había sido católica, y, como es costumbre, los hijos habían sido educados en la misma fe. Todo en aquel sacerdote era poco distinguido, hasta su vulgarísimo nombre: Brown. Pero el coronel le encontraba agradable, y solía invitarlo a sus reuniones familiares.

En el amplio vestíbulo había bastante espacio para que Sir Leopold acabara de quitarse sus ropas y bufandas. En proporción con la casa, el pórtico y el vestíbulo eran enormes. Era éste un verdadero salón, que por el frente daba a la puerta de entrada, y por el fondo a la escalera. Frente al gran fuego de la chimenea, sobre la que pendía la espada del coronel, Sir Leopold Fischer continuó desenvolviéndose, y todas las personas, incluso el malhumorado Crook, fueron presentadas al ilustre visitante. El venerable financiero todavía seguía luchando con sus inacabables envolturas del traje, y finalmente sacó del bolsillo más escondido del chaqué una caja negra, ovalada, que, explicó radiante de orgullo, contenía el aguinaldo para su ahijada. Con inocente vanagloria que desarmaba la crítica, mostró la caja a los que se encontraban; la tapa saltó al oprimir un resorte, y todos se sintieron deslumbrados, como si hubiera brotado ante sus ojos una fuente de cristal. En un nido de terciopelo anaranjado lucían, como tres huevos, tres claros y vividos diamantes que parecían encender el aire. Fischer triunfaba benévolamente, y bebía por todo su ser el asombro y éxtasis de la muchacha, la amenazadora admiración y rudo agradecimiento del coronel, y el entusiasmo de los presentes.

—Y ahora voy a devolverlos a su sitio —dijo Fischer, volviendo el estuche a los faldones de su chaqué—. He tenido que traerlos con precauciones. Son nada menos que los tres famosos diamantes africanos llamados Las Estrellas Errantes, por la frecuencia con que han sido robados. Cuantos ladrones hay en el mundo andan detrás; cuantos vagabundos y rufianes andan por las calles y los hoteles se sienten atraídos. Bien pudieron escapárseme en el camino. No tendría nada de extraño.

—Y añadiré que hasta sería muy lógico— rezongó el joven de la corbata roja—. Tanto, que yo no censuraría al que los robase. Cuando la gente pide pan y no le dan ni una piedra a cambio, hace bien en tomarse por sí mismo las piedras.

—No me gusta oírle a usted hablar así —dijo la muchacha, con un extraño rubor—. Sólo de eso sabe usted hablar desde que se ha vuelto un odioso... un no sé qué. Ya saben ustedes lo que quiero decir. ¿Cómo se llama? ¿Cómo llaman al que quisiera darle un beso al deshollinador?

—Un santo —dijo el padre Brown.

—Creo —dijo Sir Leopold con una sonrisa de importancia— que Ruby quiere decir "un socialista".

—Pero radical no quiere decir hombre que sólo se alimenta con raíces —observó Crook con cierta impaciencia—, así como conservador no significa hombre que conserva o preserva el jamón. O se dedica a hacer conservas de mermelada. Tampoco socialista, lo aseguro a ustedes, significa hombre que desea pasarse una noche de tertulia con un deshollinador. Un socialista es un hombre que desea que todas las chimeneas sean deshollinadas, y todos los deshollinadores recompensados por su trabajo.

—Pero —completó el sacerdote en voz baja— ¿quién le impedirá poseer su propio hollín?

Crook lo miró con respetuoso interés. Con cierto aire de atención.

—¿Quién quiere poseer hollín?

—Alguien, quizá —contestó Brown, con aire pensativo—. He oído decir que los jardineros lo usan. Y yo una vez, para Navidad, habiendo faltado el prestidigitador que iba a divertirlos, hice felices a seis niños jugando a tiznarlos con hollín.

—¡Espléndido! ¡Espléndido! —exclamó entusiasmada Ruby—. ¿Por qué no lo hace usted para divertirnos a nosotros?

Mr. Blount, el ruidoso canadiense, alzó su estruendosa voz para aplaudir el proyecto, y también lo hizo el asombrado financiero, aunque con algo de desaprobación, cuando alguien llamó a la puerta. El sacerdote fue a abrir, y los batientes plegados dejaron ver otra vez el jardín con la araucaria y los abetos, destacándose como bultos negros sobre el bellísimo crepúsculo violeta. Aquel delicado fondo parecía una pintoresca decoración de teatro, y todos, por un momento, hicieron más caso del escenario que de la insignificante figura que en él apareció.

Era un hombre de aspecto descuidado, que llevaba un gabán raído: un mensajero, sin duda.

—¿Alguno de estos caballeros es Mr. Blount? —preguntó alargando una carta.

Mr. Blount se levantó y contuvo un grito de asentimiento. Rasgó el sobre y leyó el mensaje con evidente asombro; pareció azorarse un momento, después se tranquilizó y, dirigiéndose a su cuñado y huésped:

—Coronel —dijo con esa cortesía jovial propia de las colonias—, lamento tener que causar una molestia. ¿Le incomodaría a usted que se presentara por aquí esta noche un conocido mío a tratar de negocios? Es el francés Florian, famoso acróbata y actor cómico. Lo conocí hace años en el oeste (es canadiense de nacimiento), y parece que tiene algún trato que proponerme, aunque no me imagino qué podrá ser.

—No faltaba más —replicó el coronel—. Cualquier amigo de usted tiene aquí entrada libre, querido mío. Estoy seguro de que nos resultará un compañero agradable.

—Quiere usted decir que se tiznará la cara de negro para divertirnos, ¿verdad? —dijo Blount riendo—. No lo dudo, y también a los demás nos hará bromas. Yo, por mi parte, me divierto con esas cosas: no soy refinado. Me encantan las pantomimas a la antigua, en que un hombre se sienta sobre la copa de un sombrero.

—Pues que no se siente sobre el mío, ¿estamos? —dijo Sir Leopold Fischer, con dignidad.

—Bueno, bueno —dijo Crook alegremente—. Por eso no hay que discutir. Todavía hay burlas más pesadas que sentarse en la copa del sombrero.

Pero Fischer, a quien le disgustaba mucho el joven de la corbata roja, en relación con sus opiniones caústicas y de notoria intimidad con la linda ahijada, dijo con el tono más sarcástico y admirable del mundo:

—¿De modo que ha encontrado usted algo peor, más humillante que sentarse en un sombrero de copa? ¿Y qué es ello, si puede saberse?

—Que el sombrero de copa se le siente a uno encima.

—Vamos, vamos —exclamó el hacendado canadiense con su benevolencia de hombre de las colonias—. No echemos a perder la fiesta. Lo que yo digo es que hay que inventar alguna diversión para esta noche. Nada de tiznarse la cara con hollín ni sentarse en la copa del sombrero, si eso no les gusta a ustedes. ¿Por qué no una vieja pantomima inglesa, de ésas en que aparecen el clown y Colombina y demás personajes? Cuando salí de Inglaterra, a los doce años de edad, recuerdo haber visto una, y desde entonces me parece que la llevo adentro encendida como una hoguera. Regresé a la patria el año pasado, y me encuentro con que la costumbre se ha extinguido; con que ya no hay sino un montón de comedias fantásticas del género lacrimoso, cuentos de hadas para llorar. No, señor: yo pido un diablo que atice el fogón, quiero una buena partida de póquer, y un policía hecho pedazos, y sólo me dan princesas moralizantes a la luz de la luna, pájaros azules y cosas por el estilo. El Barba Azul está más en mi género, y nada me gusta tanto como verle transformado en Arlequín. En un bufón.

—Yo también estoy a favor de ver a un policía hecho pedazos –dijo John Crook–. Es una definición del socialismo mucho mejor que la propuesta antes. Pero será difícil encontrar los disfraces y armar la pieza.

—No discutamos --exclamó Blount, casi con entusiasmo–. Nada es más fácil que arreglar una arlequinada. Por dos razones: primera, porque todo lo que a uno se le antoje hacer sale bien. Y segunda, porque todos los muebles y objetos son cosas domésticas: mesas, toalleros, cestos de ropa y cosas por el estilo.

—Cierto –asintió Crook, paseando por la estancia–. Pero, ¿de dónde sacar el uniforme de policía? Yo no he matado a ningún policía últimamente.

Blount reflexionó un poco, y luego, dándose con la mano en el muslo, gritó:

—¡Sí, podemos obtenerlo también! Aquí tengo la dirección de Florian, y Florian conoce a todos los sastres de Londres. Voy a decirle por teléfono que traiga un uniforme de policía. Y se dirigió hacia el teléfono.

—¡Qué maravilloso, padrino! –exclamó Ruby, casi bailando de alegría–. Yo haré de Colombina, y usted hará de Pantaleón.

El millonario, muy rígido y con cierta solemnidad pagana, contestó:

—Hija mía, creo que debes buscar a otro para que represente a Pantaleón.

—Si quieres, yo seré Pantaleón –dijo el coronel Adams, por primera y última vez.

—Merecerá usted que le levanten una estatua –gritó el canadiense, que volvía, radiante, del teléfono–. Bien, todo está arreglado. Mr. Crook hará de clown: es periodista, y conoce todos los chistes viejos. Yo seré Arlequín, para lo cual no hace falta más que tener largas piernas y saber saltar. Mi amigo Florian dice que traerá consigo el uniforme de policía y se cambiará el traje en el camino. La representación puede hacerse en esta misma sala. El público se sentará en las gradas de la escalera, en varias filas. La puerta de entrada será el fondo del escenario, y, según esté cerrada o abierta, representará el interior de una casa inglesa, o un jardín al claro de luna. Como por obra de magia.

Y luego sacó del bolsillo una tiza de billar, trazó una raya en mitad del suelo, entre la escalera y la puerta, para marcar el sitio de las candilejas.

Cómo se las arreglaron para preparar aquella farsa en tan poco tiempo, es aún misterio. Pero todos contribuyeron, con esa mezcla de atrevimiento y dinamismo que aparece siempre cuando hay juventud en casa; y aquella noche había juventud, aunque no todos sabían precisar cuáles eran las dos caras, los dos corazones de donde irradiaba la juventud. Como siempre sucede, la invención, a pesar de la docilidad de las convenciones burguesas en que fue concebida, se fue poniendo cada vez más fantástica. Colombina estaba encantadora, con una falda que tenía un extraño parecido con la enorme pantalla que recordaba la lámpara del salón.

El clown y Arlequín se pusieron blancos con la harina que les dio el cocinero, y rojos con el maquillaje que les proporcionó alguien, que, como los verdaderos benefactores cristianos, quiso permanecer anónimo. A Arlequín, vestido con papel de plata de cajas de cigarrillos, costó trabajo impedirle que rompiera los viejos candelabros victorianos para adornarse con cristales resplandecientes. Y sin duda los hubiera roto, a no ser porque Ruby desenterró unas joyas falsas que había usado en un baile de máscaras para hacer de Reina de los Diamantes. Verdaderamente, su tío, James Blount, estaba en un estado de excitación increíble: parecía un muchacho. Hizo una cabeza de asno de papel y se la acomodó nada menos que al padre Brown, quien la aceptó pacientemente, y llevó su amabilidad hasta descubrir por su cuenta el secreto de mover las orejas. Al propio Sir Leopold Fischer intentó prenderle un rabo de burro de papel en los faldones del frac. Pero al caballero no le hizo mucha gracia.

—El tío está imposible —le había dicho Ruby a Crook, quitándose el cigarro de la boca y decidiéndose a hablar al tiempo de acomodarle sobre los hombros, muy seriamente, un collar de salchichas—. ¿Qué le pasa?

—Es el Arlequín de tu Colombina —dijo Crook—. Yo sólo soy el pobre clown al que toca contar los chistes viejos.

—De veras hubiera yo querido que usted fuera el Arlequín —dijo ella, dejando colgar el collar de salchichas.

El padre Brown, aunque estaba en conocimiento de todos los secretos detrás del escenario y hasta había merecido aplausos transformando una almohada en un bebé que parecía hablar, prefirió sentarse entre el público, demostrando la misma curiosidad solemne del niño que asiste por primera vez a un espectáculo. Los espectadores eran pocos: algunos parientes, uno o dos vecinos, y los criados. Sir Leopold estaba en el asiento de honor, tapando con su cuerpo, todavía envuelto en pieles, al clérigo, que permanecía sentado detrás de él (aunque las autoridades artísticas nunca han decidido si era el sacerdote el que salía perdiendo sentado en ese lugar). La representación fue de lo más caótica, pero no por eso desdeñable. Por toda la obra circuló una fecunda capa de improvisación, brotada, sobre todo, del cerebro de Crook, el clown. Era siempre hombre muy ingenioso e inteligente; pero aquella noche parecía dotado de facultades omniscientes, con una locura más sabia que todas las sabidurías: la que se apodera de un joven cuando cree descubrir por un instante una expresión particular en un rostro único. Aunque hacía de clown, su función excedía el rol de payaso: era el autor (hasta donde había autor en aquel caos), el apuntador, el pintor escenógrafo, el tramoyista, y, especialmente, la orquesta. A intervalos inesperados corría con disfraz hacia el piano y tocaba algunas canciones populares, tan absurdas como apropiadas para la situación.

Pero el instante culmine fue cuando se abrieron los batientes de la puerta, dejando al descubierto el bello jardín, humedecido por la luz de la luna, que mostraba también al famoso huésped profesional: el gran Florian disfrazado de policía. El clown se puso a tocar en el piano el coro de los alguaciles de *Los Piratas de Penzance*; pero la música quedó ahogada bajo los ensordecedores aplausos, porque todos y cada uno de los ademanes del gran actor cómico eran una reproducción exacta y correcta de los modales habituales del policía. Arlequín saltó sobre él y le dio un golpe en el casco. El pianista ejecutó entonces el aria ¿De dónde sacaste ese sombrero?, y miró alrededor con un asombro admirablemente fingido. Arlequín dio otro salto, y volvió a pegarle en el casco, mientras el pianista esbozaba unos compases de *Venga otro más*. Y entonces Arlequín se arrojó a los brazos del policía y le cayó encima, en medio de una aclamación de aplausos. El actor extranjero hizo la célebre imitación del hombre muerto, que todavía perdura famosamente en los alrededores de Putney. Imposible creer que una persona viva pareciese tan muerto.

El atlético Arlequín lo sacudió como si fuera un saco, y lo blandió y arrojó al compás de los enloquecedores y caprichosos acordes del piano. Cuando Arlequín levantó del suelo, con esfuerzo, al cómico policía, el clown tocó *Me despierto de soñar contigo.* Cuando se lo echó a la espalda, sonó *Con mi hatillo al hombro,* y cuando después Arlequín le dejó caer con un ruido convincente, el lunático del piano atacó con una tonada de retintines, cuya letra era, según parece o se sigue creyendo, decía: "Le escribí y le envié una carta a mi amor y de camino, la dejé caer".

Casi al límite de la anarquía mental, la vista del padre Brown quedó oscurecida del todo; el magnate que estaba frente a él se había puesto de pie, y hurgaba con desesperación sus recónditos bolsillos. Se sentó después con actitud inquieta, y siempre moviéndose volvió a levantarse. Por un instante pareció que iba hacia las candilejas; después observó con ojos de fuego al clown, que seguía tocando en el piano; y, finalmente, en silencio, salió de la habitación.

El cura pudo contemplar durante unos minutos la danza absurda, pero sin elegancia, del Arlequín amateurs sobre el cuerpo espléndidamente inconsciente de su enemigo vencido. Con un arte tosco pero que no dejaba de ser sincero, Arlequín danzaba ahora retrocediendo hacia la puerta que daba al jardín, lleno de luz, de silencio y de luna. El grotesco traje de plata y lentejuelas –demasiado resplandeciente a la brillantez de las candilejas– se veía más plateado y mágico a medida que el danzante se alejaba bajo los fulgores de la luna. Y los espectadores estallaron en cataratas de aplausos. En este momento, el padre Brown sintió que le tocaban el brazo, y oyó una voz que le invitaba, murmurando, a pasar al estudio del coronel.

Y siguió, muy intrigado, al mensajero que le llamaba, y la escena con que se encontró en el estudio, llena de solemne ridiculez, no hizo más que aumentar su curiosidad. Allí estaba el coronel Adams, todavía disfrazado de Pantaleone, llevando en la cabeza la barba de ballena con la bolita en la punta que se balanceaba sobre sus cejas, pero con una expresión tal en sus tristes ojos de viejo que hubiera enfriado hasta los entusiasmos de una fiesta desenfrenada. Sir Leopold Fischer, apoyado en el muro de la chimenea, respiraba casi con toda la importancia del pánico.

–Se trata de algo muy penoso, padre Brown –dijo Adams–. El caso es que esos diamantes que todos hemos admirado esta misma tarde han desaparecido de los bolsillos del chaqué de mi amigo. Y como da la casualidad de que usted...

–De que yo –completó el padre Brown con una mueca expresiva– estaba sentado justamente detrás de él...

–Nadie se ha atrevido a hacer la menor suposición –dijo el coronel Adams, dirigiendo una mirada firme a Fischer, que más bien denunciaba que sí se había atrevido alguien a hacer suposiciones–. Yo sólo le pido a usted que me proporcione la ayuda que, en este caso, es de esperar de un caballero.

–Y que consiste, ante todo, en vaciar los bolsillos –dijo el padre Brown.– Y procedió a hacerlo. En sus bolsillos se encontraron siete peniques y un medio chelín, el billete de regreso, un pequeño crucifijo de plata, un pequeño breviario y una barrita de chocolate.

El coronel lo miró atentamente, y después dijo:

–¿Sabe usted? Más que el contenido de sus bolsillos quisiera yo ver el contenido de su cabeza. Mi hija, lo sé, le interesa a usted como persona de su propia familia. Mi hija últimamente... Y se detuvo. Pero el viejo Fischer continuó gritando:

–Ella ha abierto las puertas de la casa paterna a un socialista asesino, que declara cínicamente que no tendría dificultad en robarle cualquier cosa a un rico. Y aquí está todo el asunto: aquí tiene usted al hombre rico... que ya no lo es tanto.

–Si quiere usted ver el interior de mi cabeza, no hay inconveniente –dijo Brown mezcla de aburrimiento y cansancio–. Ya verá usted si vale la pena. Yo, lo único que encuentro en ese bolsillo viejo de mi ser es esto: que los que roban diamantes no hablan nunca de socialismo, sino que más bien –añadió modestamente–, denuncian al socialismo.

Sus dos interlocutores desviaron los ojos, y el sacerdote continuó:

–Vean ustedes: nosotros conocemos a esa gente más o menos bien. Este socialista es incapaz de robar un diamante, como es incapaz de robar una pirámide. Debemos, ante todo, pensar en el desconocido, en el que hizo de policía: en ese Florian. Y, a propósito, me pregunto dónde se habrá metido a estas horas.

Pantaleone se levantó entonces de un salto, y salió del estudio. Y hubo un paréntesis mudo, durante el cual el millonario se quedó mirando al sacerdote, y éste mirando su breviario. Después Pantaleone reapareció, y dijo con un *staccato* lleno de gravedad.

–El policía está todavía caído en el suelo: el telón se ha levantado seis veces, y él sigue aún tendido.

El padre Brown soltó su breviario y dejó ver una expresión como de ruina mental vacía. Poco a poco comenzó a brillar una luz en el fondo de sus ojos grises, y después formuló la pregunta difícilmente oportuna:

–Perdone, coronel, ¿cuánto tiempo hace que murió su esposa?

–¡Mi esposa! –contestó el militar asombrado–. Murió hace un año y dos meses. Su hermano James, que venía a verla, llegó una semana más tarde.

El clérigo saltó como un conejo herido.

–¡Vengan ustedes! –dijo con extraña excitación–; ¡vengan ustedes! Hay que observar a ese policía.

Y entraron precipitadamente hacia el escenario, cubierto ahora por el telón, y bruscamente se abrieron paso por entre Colombina y el clown –que a la sazón murmuraban muy alegres–. El padre Brown se inclinó sobre el cuerpo derribado del policía.

–Cloroformo –dijo incorporándose–. Ahora me he dado cuenta.

Hubo un silencio, y el coronel, con mucha lentitud, le dijo:

–Haga usted el favor de explicarnos lo que significa todo esto.

El padre Brown soltó la carcajada; después se contuvo, y al hablar tuvo que esforzarse un poco para no reír otra vez.

–Señores –dijo–, no hay tiempo de hablar mucho. Tengo que correr en persecución del ladrón. Pero este gran actor francés que tan admirablemente representó el papel de policía, este inteligentísimo sujeto a quien nuestro Arlequín bamboleó y estrujó y arrojó al suelo, era...

—¿Era...? —preguntó Fischer.

—Un verdadero policía —concluyó el padre Brown, y corrió hacia la oscuridad de la noche.

Al final de aquel exuberante jardín había huecos y cenadores; los laureles y otros arbustos inmortales se destacaban sobre el cielo de zafiro y la luna de plata, luciendo, aun en mitad del invierno, los cálidos colores del sur. La verde alegría de los laureles ondulantes, el rico tono morado e índigo de la noche, el cristal monstruoso de la luna, formaban un cuadro "irresponsablemente" romántico. Y por entre las ramas más altas de los árboles se observaba una extraña figura que no parecía ya tan romántica como imposible. Brillaba de pies a cabeza, como si estuviera vestida con un millón de lunas. La luna real la iluminaba a cada movimiento, haciendo centellear una nueva parte de su cuerpo, que se columpiaba, relampagueante y triunfal, saltando del árbol más pequeño al árbol más alto que sobresalía en el vecino jardín; y sólo se detuvo porque una sombra se había deslizado hasta debajo del árbol menor y se había dirigido a él inequívocamente:

—¡Eh, Flambeau! —dijo la voz—. Parece usted realmente una estrella errante. Lo cual, en definitiva, quiere decir una estrella que cae. Fugaz.

La relampagueante y argentada figura pareció inclinarse, desde la copa del laurel, para escuchar a la pequeña figura de abajo, con la seguridad de poder escapar.

—Flambeau: nunca lo ha hecho usted mejor. Hace falta ingenio para venir del Canadá (supongo que con un billete de París) justamente una semana después de la muerte de Mrs. Adams, cuando nadie estaba de ánimo de preguntarle a usted nada. Todavía fue más inteligente el haberse fijado en las Estrellas Errantes y determinar el día de la visita de Fischer. Pero lo que sigue ya es más que talento: es verdadero genio. Supongo que el mero hecho de sustraer las piedras fue para usted una bagatela. Lo pudo usted hacer con mil distintos juegos de manos, sin contar con ese artilugio de empeñarse en prenderle a Fischer, en el chaqué, una cola de papel. Pero, por lo demás, realmente se eclipsó usted a sí mismo.

La plateada figura que estaba entre las hojas verdes parecía hipnotizada, y aunque a sus espaldas había un camino fácil de huida, no se movía: no hacía más que contemplar con asombro al hombre que le hablaba desde abajo.

—¡Ah, naturalmente! —dijo éste—. Ya estoy al tanto de todo. Sé que no sólo nos obligó usted a representar la pantomima, sino que se valió de ella para un doble uso. Usted no se proponía más que robar tranquilamente las piedras, pero un cómplice le envió a decir a usted que ya estaba descubierto, y que aquella misma noche un oficial de policía lo iba a detener. Un ladrón común se habría conformado con agradecer la advertencia y ponerse a salvo; pero usted es todo un poeta. Y a usted se le había ocurrido la sutil idea de esconder las joyas verdaderas entre el resplandor de las joyas falsas del teatro. Y ahora se le ocurrió a usted la idea, no menos sutil, de que si el disfraz adoptado era el de Arlequín, la aparición de un policía no tendría nada de extraordinario. El digno agente salía de la comisaría de Putney para atraparlo a usted, y cayó en la trampa más ingeniosa que ha visto el mundo. Al abrirse ante él la puerta, se encontró sobre el escenario de una pantomima de Navidad, donde fue posible que el danzante Arlequín le golpeara, le sacudiera, le aturdiera y le narcotizara, en medio de los alaridos de risa de los espectadores más respetable de Putney. ¡Oh, no! No será usted capaz de hacer nunca otra cosa mejor. Y ahora, y a propósito, conviene que usted me devuelva, tendrá que devolverme, esos diamantes.

La verde rama en que la figura centelleante estaba colgada se balanceó, mostrando un movimiento de sorpresa. Pero la voz continuó, abajo:

—Quiero que me los devuelva usted, Flambeau, y quiero que abandone esta vida. Todavía tiene bastante juventud, buen humor y posibilidades de vida honrada. No crea que semejantes riquezas le han de durar mucho si continúa en este negocio. Los hombres han podido establecer una especie de nivel para el bien. Pero, ¿quién ha sido capaz de establecer el nivel del mal? Ese es un camino que baja y baja incesantemente. El hombre bondadoso que se embriaga se vuelve cruel; el hombre sincero que mata, miente después de ocultarlo. Muchos hombres he conocido yo que comenzaron, como usted, por ser unos pícaros alegres, unos honestos ladronzuelos de gente rica, y acabaron hundidos en el fango. Maurice Blum comenzó siendo un anarquista de principios, un padre de los pobres, y acabó siendo un sucio espía, un soplón de todos, que unos y otros empleaban y desdeñaban. Harry Burke comenzó su campaña por la libertad del dinero con bastante sinceridad, y ahora vive estafando a una hermana casi arruinada, para poder dedicarse incesantemente al brandy con soda. Lord Amber entró en la sociedad ilegal en un rapto caballeresco, y a estas horas se dedica a hacer chantajes por cuenta de los más miserables buitres de Londres. El capitán Barillon era, antes del advenimiento de usted, el caballero bandido más brillante, y terminó en un manicomio, aullando lleno de pavor contra los delatores y encubridores que le habían traicionado. Ya sé, Flambeau, que ante usted se abre muy libre el paisaje del bosque; ya sé que se puede usted meter por él como un mono. Pero un día se encontrará usted con que es un viejo mono gris, Flambeau. Y entonces en su bosque de libertad se encontrará usted con el corazón frío y sintiendo próxima la muerte, y entonces las copas de los árboles estarán muy desnudas...

Todo permaneció inmóvil, en silencio, como si el hombre pequeño de abajo tuviera agarrado al del árbol con un lazo invisible. Y la voz continuó:

—Ya usted ha comenzado también a decaer. Usted acostumbraba a jactarse de que nunca cometía una ruindad; pero esta noche ha incurrido usted en una ruindad: deja usted la sospecha contra un honrado muchacho que ya se tiene bien ganada la enemistad de los poderosos; usted está separándolo de la mujer a quien ama y por quien es amado. Pero todavía cometerá usted peores ruindades antes de morir.

Tres diamantes brillantes cayeron del árbol al césped. El hombre pequeño se agachó para recogerlos y, cuando levantó la mirada hacia arriba, vio que el pájaro de plata había volado de la jaula verde del árbol.

La devolución de las piedras (recogidas por casualidad por el padre Brown, de todos tenía que ser él) hizo que la noche terminara con un triunfo extraordinario. Y Sir Leopold, en la cumbre del buen humor, llegó a decirle al sacerdote que, aunque era una persona tolerante, podía respetar a aquellos cuyo credo les exigía enclaustrarse y apartarse de este mundo.

El duelo del Doctor Hirsch

Los señores Maurice Brun y Armand Armagnac cru-
zaban los soleados Campos Elíseos con mesurada vivacidad. Los dos eran de corta estatura, animosos y audaces.
Los dos llevaban barbas negras que no correspondían a
su rostro, porque seguían la moda francesa, empeñada en
darle al pelo un aire de artificio. La barba de Monsieur
Brun parecía pegada bajo el labio inferior y, para variar,
la de Monsieur Armagnac estaba partida por la mitad y
semejaba dos manojos de pelo pegados a cada pómulo.
Ambos eran jóvenes, jóvenes y ateos, con una firmeza de
miras deprimente, pero gran movimiento de alardes. Los
dos eran discípulos del doctor Hirsch, gran hombre de
ciencia, publicista y moralista.

Monsieur Brun había alcanzado celebridad por su
propuesta de que la expresión común "Adiós" se borrase
de todos los clásicos y se impusiese una pequeña multa
a cuantos la usasen en la vida privada. "Pronto —decía—
dejará de sonar en los oídos del hombre el nombre de
Dios que habéis imaginado". Monsieur Armagnac se

especializaba en combatir el militarismo, y pretendía que el coro de la Marsellesa se modificase de modo que "A las armas, ciudadano" quedase convertido en "A las tumbas, ciudadano". Pero su antimilitarismo era peculiar y tenía mucho de francés. Un eminente cuáquero inglés, muy acaudalado que había acudido a verlo para hablarle del desarme de todo el mundo, se quedó sorprendido cuando Armagnac le propuso que, para empezar, los soldados devían disparar contra los oficiales.

En este aspecto diferían principalmente los dos amigos de su director y maestro en filosofía. El doctor Hirsch, aunque nacido en Francia y dotado de todas las virtudes propias de la educación francesa, era, por temperamento, de otro tipo: suave, idealista, piadoso, y a pesar de su sistema escéptico, no exento de trascendentalismo. Se parecía, en fin, más a un alemán que a un francés; y aunque lo admiraban mucho, en la subconsciencia de aquellos franceses había cierto resquemor por la manera pacífica que tenía de propagar el pacifismo. Para sus partidarios del resto de Europa, sin embargo, Paul Hirsch era un santo de la ciencia. Su austera y atrevida teoría del cosmos pregonaba su vida ascética y su moralidad de hombre puro, aunque algo frío. En él se armonizaban la posición de Darwin y la de Tolstoi, pero no era anarquista ni antipatriota. Sus doctrinas sobre el desarme eran moderadas y evolucionistas. El mismo Gobierno de la República ponía gran confianza en él respecto a varios adelantos químicos. Su último descubrimiento fue una pólvora sin ruido o pólvora sorda, cuyo secreto guardaba cuidadosamente el Gobierno.

Estaba su casa en una bonita calle, cerca del Elíseo, calle que en pleno verano parecía tan densa de follaje como el mismo parque. Una hilera de castaños interceptaba el sol en toda la calle, menos en un trecho ocupado por un gran café con terraza al aire libre. Casi frente al establecimiento se alzaba la casa blanca, con ventanas verdes, del sabio, por cuyo primer piso corría un balcón de hierro pintado también de verde. Debajo estaba la entrada a un estrecho patio que desbordaba jubilosamente de arbustos y de tilos, y que los dos franceses cruzaron en animada conversación.

Les abrió la puerta Simón, el viejo criado del doctor, que bien podía hacerse pasar por el doctor mismo, con su irreprochable traje negro, sus gafas, su cabello gris y sus maneras reservadas. Realmente, estaba más presentable como hombre de ciencia que su amo, el doctor Hirsch, cuyo cuerpo parecía un tenedor clavado a la papa de su cabeza. Con toda la seriedad de un médico que expende una receta, entregó una carta a M. Armagnac. Éste la abrió con la paciencia propia de su raza y leyó apresuradamente lo que sigue:

"No puedo bajar a hablar con ustedes. Hay un hombre en esta casa a quien me he negado a ver. Es un oficial chauvinista, llamado Dubosc. Se ha sentado en la escalera, después de patearme todos los muebles. Me he encerrado en mi despacho, que está frente al café. Si me quieren ustedes, vayan al café y siéntense en una de las mesas de fuera. Procuraré mandarles a ese tipo para que se entiendan con él. Yo no puedo recibirlo. No puedo y no quiero.

Vamos a tener otro caso Dreyfus.

P. Hirsch".

Monsieur Armagnac miró a M. Brun. Monsieur Brun tomó la carta, la leyó y miró a M. Armagnac. Luego, los dos se apresuraron a instalarse en una de las mesitas, a la sombra de un castaño, y pidieron dos copas enormes de un terrible ajenjo verde que, por lo visto, entre ambos podían beber en cualquier época del año y a cualquier hora. El Café estaba poco menos que vacío. Sólo había un militar tomando café en una mesa, y en otra un hombre corpulento que bebía un jarabe y un sacerdote que nada bebía.

Maurice Brun aclaró su garganta y dijo:

—Claro que hemos de ayudar al maestro en todos los apuros, pero...

Se hizo un repentino silencio que rompió Armagnac diciendo:

—Puede que tenga motivos fundados para no entrevistarse personalmente con ese hombre, pero...

Antes de que pudiera acabar el pensamiento, se hizo patente que el intruso había sido expulsado de la casa de enfrente. Los arbustos que crecían junto a la entrada se agitaron moviéndose a un lado, y el huésped indeseado salió arrojado como una bala de cañón.

Era un tipo robusto, que llevaba un pequeño sombrero tirolés de fieltro y tenía ese aire inconfundible de los tiroleses. Sus hombros eran anchos y macizos pero sus piernas resultaban ligeras con los calzones y las medias de punto. Su cara era morena como una castaña y sus ojos vivarachos, negros y brillantes; sus cabellos negros estaban peinados hacia atrás, dejando ver una frente ancha y poderosa, y llevaba un bigote negro como los cuernos de un bisonte. Una cabeza como aquella descansa generalmente sobre un cuello de toro, pero el cuello se ocultaba en un ancho pañuelo que le llegaba hasta las orejas y se cruzaba bajo la chaqueta, como si fuera un chaleco. Era un pañuelo de colores fuertes, probablemente de fabricación oriental. En conjunto, presentaba aquel hombre un aspecto algo bárbaro, que le daba más aire de señor húngaro que de oficial francés. Pero su acento era tan puro como el del más castizo y su patriotismo francés rayaba en lo ridículo. Lo primero que hizo al verse en la calle fue gritar con voz de clarín:

—¿No hay por aquí ningún francés? —como si llamase a los cristianos en La Meca.

Armagnac y Brun se levantaron, pero llegaron demasiado tarde. De todas las esquinas acudió corriendo la gente, y en pocos segundos se reunió un grupo, si no muy numeroso, muy apiñado. Con el instinto del francés que conoce el temperamento de los políticos callejeros, el hombre del bigote negro corrió a un lado del café, y en un momento se subió a una mesa desde la cual, asiéndose a la rama de un castaño para mejor guardar el equilibrio, gritó como cuando Camilo Desmoulins desparramó las hojas del roble entre el populacho:

—¡Franceses! ¡No puedo hablar! ¡Dios me protege, y por eso estoy hablando! ¡Los que enseñan a hablar con sus puercos discursos también enseñan a guardar silencio, el silencio que guarda ese espía que se oculta en la casa de enfrente, el silencio con que me ha contestado al golpear la puerta de su dormitorio, el silencio en que se envuelve ahora, aunque oye mi voz a través de la calle y tiembla en su asiento! ¡Ah! ¡Pueden seguir observando un silencio elocuente los políticos! Pero ha llegado la hora en que los que no podemos hablar hemos de hablar. Os está vendiendo a los prusianos. Os está vendiendo ahora mismo. Y el traidor es ese hombre. Yo soy Jules Dubosc, coronel de artillería, en Belfort. Ayer mismo capturamos a un espía alemán en los Vosgos y le encontramos un papel, papel que tengo en mi mano. ¡Ah! Nos lo querían ocultar, pero yo lo he traído enseguida al mismo que lo escribió, que es el que vive en esa casa. Está escrito de su puño y letra y firmado con sus iniciales. Son las instrucciones para encontrar el secreto de esa nueva pólvora sorda. Hirsch la inventó. Esta nota está en alemán y se encontró en el bolsillo de un alemán: "Dígales que la fórmula para la pólvora está en el sobre gris del primer cajón de la derecha de la mesa del secretario, Ministerio de la Guerra, en tinta roja. Mucho cuidado.–P. H.".

Añadió algunas frases cortas y contundentes como disparos, pero se veía bien claro que aquel hombre o estaba loco o decía la verdad. La mayor parte de los reunidos eran nacionalistas y gritaban ya amenazadores, y la oposición de algunos intelectuales, a cuya cabeza estaban Armagnac y Brun, sólo contribuyó a que la mayoría se mostrase más intransigente.

—Si es un secreto militar –gritó Brun–, ¿por qué lo revela usted a gritos en la calle?

—¡Le diré por qué lo hago! –gritó Dubosc, dominando el vocerío de la multitud–. Fui a ver a ese hombre con carácter particular. Si tenía que darme alguna explicación, podía hacerlo con entera confianza. Se ha negado a explicarse en absoluto y me ha remitido a dos desconocidos que estaban en un café, como a dos lacayos. ¡Me ha arrojado de su casa, pero volveré a entrar en ella con el pueblo de París detrás de mí!

Un griterío formidable estremeció la fachada de la casa y dos piedras volaron por el aire, rompiendo una de ellas un cristal del balcón. El indignado coronel desapareció otra vez por el portal y se oyeron sus gritos escandalizando el interior de aquella morada. La multitud aumentaba por momento, rugía y amenazaba, y ya parecía irremediable que tomase por asalto aquel edificio como otra Bastilla, cuando se abrió una de las puertas del balcón y apareció el mismo doctor Hirsch. Por un momento el furor de la muchedumbre se convirtió en risa al ver aquel tipo ridículo en escena. Su cuello largo y lo abatido de sus hombros le daban la apariencia de una botella de champaña, y no era ésta su única nota cómica. Le colgaba la capa como de una percha, llevaba descuidados sus cabellos color zanahoria, y su cara estaba enmarcada por una de esas barbas antipáticas que pasan muy por debajo de la boca. Estaba muy pálido y escondía sus ojos con anteojos azules.

Aunque parecía alterado, habló con acento de tan serena decisión, que hizo enmudecer a la muchedumbre a la tercera frase.

–... Sólo dos cosas que decirles por el momento. La primera es para mis enemigos; la segunda, para mis amigos. A mis enemigos les digo: es verdad que no quiero recibir al señor Dubosc, a pesar del escándalo que en este momento está armando en la puerta de mi despacho. Es verdad que he rogado a dos señores que se las arreglen con él en mi nombre. ¡Y les diré por qué! Porque no quiero ni debo recibirlo, pues sería esto quebrantar los principios de la dignidad y del honor. Antes que pueda justificarme ante los tribunales, apelaré a un recurso que habrá de aceptarme como caballero, y al remitirlo a mis padrinos obro estrictamente...

Armagnac y Brun agitaron los sombreros como dos locos, y hasta los enemigos del doctor aplaudieron como energúmenos al oír el inesperado desafío, ahogando en sus aclamaciones unas cuantas frases del orador, que luego siguió diciendo:

—Y a mis amigos: en cuanto a mí, preferiré luchar con las armas de la inteligencia, que serán las únicas que decidirán las contiendas de la Humanidad verdaderamente avanzada. Pero hoy todavía se funda la preciosa verdad en la fuerza material y hereditaria. Mis libros han obtenido indiscutible éxito; nadie ha refutado mis doctrinas, pero en política estoy sufriendo los prejuicios tan arraigados en Francia. No puedo hablar como Clemenceau y Déroulède, cuyas palabras suenan como pistoletazos. Los franceses se entusiasman con el duelista como los ingleses con el deportista. Está bien; acepto la prueba; pagaré mi tributo a esta costumbre bárbara y volveré a la razón para el resto de mi vida.

Inmediatamente salieron del gentío dos hombres dispuestos a ofrecer sus servicios al coronel Dubosc. Uno resultó ser el militar que estaba en el café, que dijo sencillamente: "Me pongo a sus órdenes, señor. Soy el duque de Valognes". El otro era el hombre corpulento a quien su amigo, el sacerdote, trató al principio de disuadir, aunque luego se marchó solo.

A primeras horas de la tarde se servía una ligera comida en la parte posterior del café de Carlomagno, cuyas mesas se ponían a la sombra de los árboles. En una de las más céntricas se sentaba un sacerdote bajito y regordete, que se concentraba con la más seria satisfacción en un plato de boquerones. Aunque llevaba de ordinario una vida sencilla y austera, de vez en cuando le gustaba regalarse algún plato exquisito. Era un epicúreo moderado. Comía sin levantar la vista del plato, ante el cual se alineaban ordenadamente otros platos con pimientos, pan moreno y manteca, etcétera, hasta que se proyectó una gran sombra sobre la mesa y su amigo Flambeau se sentó al otro lado. Flambeau estaba sombrío.

–Temo que habré de abandonar este asunto –dijo, como si aquello le preocupase enormemente–. Estoy de parte de los soldados franceses como Dubosc y contra los ateos como Hirsch; pero creo que en esta ocasión nos hemos equivocado. El duque y yo pensamos que sería conveniente investigar el fundamento de las acusaciones, y he de decir que me alegro de haberlo hecho.

–¿Entonces, el papel es una falsificación? –preguntó el sacerdote.

–Aquí está precisamente lo extraño –contestó Flambeau–. La letra es exactamente igual a la de Hirsch, y nadie podría engañarse respecto a esto. Pero no ha sido escrito por Hirsch. Si es un patriota francés, no ha escrito él una información destinada a los alemanes. Y si es un espía alemán, tampoco lo ha escrito él, porque no proporciona informe alguno a los alemanes.

–¿Quiere usted decir que el informe es falso? –preguntó el padre Brown.

–Falso –contestó el otro–, y falso precisamente en aquello que el doctor Hirsch podía ser veraz; en lo del lugar donde se guarda su propia fórmula secreta, en su propio departamento oficial. Por especial favor de Hirsch y de las autoridades, se nos ha permitido ver el cajón secreto donde se guarda la fórmula del doctor en el Ministerio de Guerra. Somos los únicos que lo han visto, aparte del mismo inventor y del ministro de Guerra; pero el ministro nos lo permitió para evitar que Hirsch se batiese a duelo. Después de esto, no podemos apadrinar a Dubosc, si su revelación no es más que agua de borrajas.

—¿Y lo es? —preguntó el cura.

—Lo es —dijo su amigo con amargura—. Es una burda falsificación de quien nada sabe del verdadero escondite. Dice que el papel se halla en el armario de la derecha de la mesa del secretario. En realidad, el armario con el cajón secreto está un poco a la izquierda de la mesa del secretario. Dice que el sobre gris contiene un extenso documento escrito en tinta roja. No está escrito en tinta roja, sino en tinta negra. Es ridículo decir que Hirsch se haya podido equivocar respecto a un papel que nadie más que él reconoce, o que haya tratado de ayudar a un ladrón extranjero haciéndole revolver un cajón en el que nada podía encontrar. Creo que debemos dejar esto y presentar nuestras excusas al doctor.

El padre Brown parecía cavilar, y preguntó mientras pinchaba con el tenedor otro boquerón:

—¿Está usted seguro de que el sobre gris se halla en el armario de la izquierda?

—Segurísimo —contestó Flambeau—. El sobre gris… en realidad, era blanco, estaba…

El padre Brown dejó el tenedor y el plateado pescado y se quedó mirando fijamente a su compañero.

—¿Qué? —preguntó con voz alterada.

—¿Cómo, qué? —repitió Flambeau, tragando con apetito.

—Que no era gris —dijo el sacerdote—. Flambeau, no me asuste.

—¿Por qué ha de asustarse?

—Me asusta el sobre blanco —explicó el otro, muy serio—. ¡Si al menos hubiera sido gris…!, pero si es blanco, todo este negocio está muy seguro. El doctor se ha metido en un enredo, después de todo.

—¡Pero le repito que no puede haber escrito él semejante nota! —gritó Flambeau—. La nota es falsa respecto a los hechos, e, inocente o culpable, el doctor Hirsch los conocía perfectamente.

—El que escribió la nota conoce todos los hechos —dijo secamente el clérigo—. Nadie sería capaz de falsificarlos tanto sin conocerlos. Hay que saber mucho para mentir en todo, como el diablo.

—¿Quiere decir...?

—Quiero decir que el hombre que miente al azar dice alguna verdad. Suponga usted que alguien lo mandara en busca de una casa con puerta verde y ventana azul, con jardín delante, pero sin jardín detrás, con un perro, pero sin gato, y en donde se bebe café, pero no té. Dirá usted que si no encuentra esa casa, todo era una mentira. Pero yo digo que no. Yo digo que si encuentra usted una casa cuya puerta sea azul y cuya ventana sea verde; que tenga un jardín detrás y no lo tenga delante; en que abunden los gatos y se ahuyente a los perros a escobazos; donde se beba té a todo pasto y esté prohibido el café, podrá estar seguro de haber dado con la casa. Quien le dio las señas debía conocer la casa para mostrarse tan cuidadosamente descuidado.

—Pero ¿qué podría significar esto? —preguntó el comensal.

—No lo concibo —contestó Brown—. No llego a comprender este caso de Hirsch. Mientras sólo fuese el cajón de la izquierda en vez del de la derecha y tinta roja en vez de negra, podría pensar que eran errores causales de un falsificador, como usted dice. Pero tres es un número cabalístico: a la tercera va la vencida, como suele decirse. Que la situación del cajón, el color de la tinta, el color del sobre se confundan por accidente, no puede ser una coincidencia. No lo ha sido.

—Pues ¿qué ha sido entonces? ¿Una traición? —preguntó Flambeau, continuando su comida.

—Tampoco lo sé —contestó Brown con cara de hombre aturdido—. Lo único que se me ocurre pensar…Jamás comprendí el caso Dreyfus. La prueba moral se me hace más comprensible que cualquier otra clase de prueba. Me rijo por la voz y los ojos de un hombre, por sus gustos y sus repugnancias, por el aspecto de felicidad de su familia. En fin, en el caso de Dreyfus me hacía un embrollo. No por los horrores que se imputaban ambas partes; sé (aunque no sea muy modesto decirlo) que la naturaleza humana, en los puestos más elevados, aún es capaz de dar Gengis y Borgias. No; lo que me desconcertaba era la sinceridad de ambas partes. No me refiero a los partidos políticos; la tropa siempre es honesta, y a veces incauta. Quiero decir las personas que entraban en juego. Los conspiradores, si los hubo. El traidor, si lo hubo. Los hombres que debían haber sabido la verdad. Dreyfus se conducía como un hombre que sabe que es hombre calumniado. Pero los estadistas franceses se portaban como si supiesen que no era un hombre calumniado, sino un malvado. No digo que se portaran bien, sino que lo hacían como si estuviesen convencidos de ello. No puedo explicar bien esto; pero sé lo que quiero decir.

—Pero ¿qué tiene que ver todo eso con nuestro Hirsch? — preguntó el otro.

—Supongamos que una persona que ocupa un cargo de confianza —siguió diciendo el sacerdote— empieza a dar al enemigo informes porque sabe que son falsos. Supongamos que cree que salva a su país engañando al extranjero. Supongamos que esto lo lleva a centros de espionaje donde se le hacen pequeños préstamos y se encuentra más o menos atado. Supongamos que atolondradamente cambia de postura, no diciendo nunca a los espías extranjeros la verdad, pero permitiéndoles que poco a poco la adivinen. Siempre podría decir en defensa propia: "Yo no he ayudado al enemigo, dije que era el cajón izquierdo". Pero sus acusadores podrían decir: "Pero el enemigo podría ser bastante inteligente para comprender que querías decir el derecho". Creo que esto es admisible psicológicamente en nuestra época de cultura, claro.

–Eso puede ser psicológicamente posible –contestó Flambeau– y explicaría, sin duda, que Dreyfus estuviera convencido de que se le calumniaba mientras sus jueces lo estaban de su culpabilidad. Pero el asunto no pierde por eso nada de su color históricamente, porque el documento de Dreyfus (si era suyo) era, literalmente, correcto.

–Yo no pensaba en Dreyfus –dijo el padre Brown. Las mesas se habían ido desocupando y había más silencio; ya era tarde, pero aún el sol lo doraba todo, como si hubiese quedado prendido en las copas de los árboles. En el silencio, Flambeau hizo crujir la silla al moverla y, apoyando los codos en la mesa, dijo con cierta aspereza:

–Bueno, pues; si Hirsch no es más que un tímido traidor...

–No sea usted con ellos demasiado riguroso –dijo el sacerdote con mansedumbre–. No tienen la culpa; pero carecen de instinto. Me refiero a esa virtud que hace que una mujer se niegue a bailar con un hombre o que un hombre acepte una investidura. Les han enseñado que todo es cuestión de grados.

—Sin embargo —exclamó Flambeau, con impaciencia—, no hay mala intención por parte de mi representado, y debo seguir el asunto adelante. Dubosc puede ser un poco loco, pero no deja de ser un patriota.

El padre Brown siguió comiendo boquerones. La parsimonia con que lo hacía irritó a su amigo, que le dirigió una mirada de fuego y le preguntó:

—¿Qué tiene usted que decir? Dubosc tiene toda la razón, en cierto modo. ¿Dudará usted de él?

—Amigo mío —contestó el sacerdote, dejando el cuchillo y el tenedor con aire de desesperanza—, yo dudo de todo. Quiero decir de todo lo que ha pasado hoy. Dudo del hecho mismo, aunque ha ocurrido ante mis propios ojos. Dudo de todo lo que han visto mis ojos desde esta mañana. En este asunto hay algo que se diferencia por completo de los casos ordinarios de policía, en que media un hombre que miente más o menos y otro que dice más o menos la verdad. Aquí los dos hombres... ¡Bueno! Ya le he dicho que la opinión que yo puedo exponer sobre el caso a nadie satisfaría. Tampoco a mí me satisface.

—Ni a mí —replicó Flambeau, con cara adusta, mientras el otro seguía comiendo pescado con aire de absoluta resignación—. Si no puede usted sugerir más que la opinión de que se trata de un mensaje transmitido por los contrarios, para mí no hay cosa más clara; pero..., ¿cómo llamaría usted a eso?

—Yo lo llamaría flojo —replicó el cura, con viveza—, extraordinariamente flojo. Pero eso es lo más chocante de todo el asunto. La mentira parece la de un muchacho recién iniciado. No hay más que tres versiones: Dubosc,

Hirsch y mi idea. Esa nota ha sido escrita o por un funcionario francés para perder a un oficial francés, o por un oficial francés para ayudar a funcionarios alemanes, o por el oficial francés para engañar a funcionarios alemanes. Está bien. Podía esperarse un documento secreto pasando de mano en mano entre esta fuente, oficiales o funcionarios, probablemente cifrado, y desde luego, abreviado, seguramente científico y en términos estrictamente técnicos; pero no: se escribe de la manera más sencilla y con un laconismo espantoso: "En la gruta roja hallará el casco dorado". Parece que…, que quisieran dar a entender que se había de llevar a cabo enseguida.

No pudo seguir aquella discusión, porque, en aquel momento, un individuo, que vestía el uniforme francés, se acercó a la mesa como el viento y se les sentó al lado, de golpe.

–Traigo noticias extraordinarias –dijo el duque de Valognes–. Vengo de ver a nuestro coronel. Está haciendo las maletas para marcharse y nos ruega que presentemos sus excusas *sur le terrain*.

–¿Cómo? –gritó Flambeau, con acento de incredulidad–. ¿Que lo excusemos?

–Sí –contestó el duque, ásperamente–, entonces, y allí mismo, ante todos, cuando ya estén desenvainadas las espadas. Y usted y yo hemos de hacer eso mientras él huye.

–Pero, ¿qué significa esto? –gritó Flambeau–. ¿Es posible que tenga miedo de ese enfermizo de Hirsch? ¡Diablos! –exclamó con indignación–. ¡Nadie puede temer a Hirsch!

–¡Creo que debe de ser una intriga! –profirió Valognes–: Alguna intriga de los judíos francmasones. Esto redundará en honor y gloria de Hirsch…

El rostro del padre Brown era vulgar, pero expresaba una curiosa satisfacción. Brillaba tanto en la ignorancia de una cosa como en la comprensión; pero siempre lo iluminaba un resplandor cuando se le caía la máscara de la estupidez para ser sustituida por la de la inteligencia, y Flambeau, que conocía a su amigo, sabía que en aquel momento lo había comprendido todo. Sin decir nada, Brown acabó finalmente el plato de pescado.

–¿Dónde ha visto usted, últimamente, a nuestro lindo coronel? –preguntó Flambeau, muy enojado.

–En el Hotel Saint Louis, cerca del Elíseo, donde lo dejamos. Le repito que está haciendo las maletas.

–¿Cree usted que estará aún allí? –preguntó Flambeau, con cara sombría.

–No creo que se haya marchado aún –contestó el duque–. Se está preparando para emprender un largo viaje…

–No –interrumpió el padre Brown, simplemente, pero levantándose resuelto–, para un viaje muy corto. Mejor dicho: para el más corto de los viajes. Pero aún podemos atraparlo si vamos en un automóvil.

Ni una palabra más pudieron arrancarle hasta que el coche torció por la esquina del Hotel Saint Louis, donde se apearon, para meterse, por indicación del sacerdote, en una calle estrecha, envuelta en la oscuridad. Cuando el duque preguntó, en su impaciencia, si Hirsch era o no culpable de traición, contestó casi distraído:

–No, sólo de ambición, como César. –Y luego añadió de una manera incoherente–: Lleva una vida muy retraída y solitaria; se lo ha de hacer todo él mismo.

–Pues si es ambicioso, ahora quedará satisfecho –observó Flambeau, con cierta amargura–. Todo París lo proclamará, ahora que el maldito coronel se marcha con el rabo entre las piernas.

—No hable usted tan fuerte —dijo el padre Brown, bajando la voz—; porque su maldito coronel está a la vista.

Todos se aplastaron contra las sombras de la pared, viendo, en efecto, que el robusto coronel caminaba por la calle contigua con una maleta en cada mano. Ofrecía el mismo aspecto estrafalario que cuando lo vieron por vez primera, aun cuando había sustituido sus polainas por unos pantalones corrientes. No podía negarse que se escapaba del hotel.

Lo siguieron por una de esas calles angostas y tristes que dan la impresión del reverso de las cosas o del interior de los escenarios. A un lado se alargaba una pared incolora, rota de vez en cuando por puertas macizas y sucias de barro y de polvo, muy bien cerradas y sin más ornamento que el grotesco dibujo trazado con yeso por algún muchacho transeúnte. Por encima de la tapia asomaban, de vez en cuando, las copas de los árboles, detrás de los cuales podía conjeturarse alguna que otra galería perteneciente a grandes edificios parisienses, relativamente cercanos, aunque parecían tan inaccesibles como escarpadas montañas de mármol. Al otro lado del pasadizo corría la alta y dorada verja de un parque oscuro.

Flambeau miraba todo aquello con especial curiosidad.

—Sabe usted —observó— que noto una particularidad en esta calle que...

—¡Hola! —exclamó el duque—. Ese tipo ha desaparecido. ¡Se ha desvanecido como un maldito duende!

—Tiene una llave —explicó el clérigo—. No ha hecho más que entrar por una de esas puertas.

Y aún hablaba cuando oyeron el golpe de una pesada puerta al cerrarse casi frente a ellos. Flambeau se acercó corriendo a la puerta que así se cerraba en sus propias narices y se detuvo, atusándose el negro bigote con furiosa curiosidad. De pronto se arqueó como un gato, y dando un brinco se subió a la tapia, donde su corpulencia se destacó negra como la copa de un árbol.

El duque se volvió al sacerdote.

—La fuga de Dubosc es más complicada de lo que pensábamos —le dijo—; pero supongo que huye de Francia.

—Huye de todas partes —contestó el padre Brown.

Relumbraron los ojos de Valognes, pero bajó la voz al preguntar:

—¿Cree que va a suicidarse?

—En todo caso no se encontrará el cadáver —replicó el otro.

De lo alto de la pared les llegó una exclamación ahogada de Flambeau, que dijo en francés:

—¡Dios mío! ¡Ahora sé dónde estamos! En la parte de atrás de la casa donde vive Hirsch. Reconocería cualquier casa viéndola por detrás, como a un hombre por la espalda.

—¡Y Dubosc se ha metido ahí! —gritó el duque, golpeándose las caderas—. ¡Después de todo se encontrarán! —con la pronta decisión de un francés saltó la tapia y se sentó con la pierna colgando, presa de viva agitación. El sacerdote se quedó solo abajo contemplando, pensativo, el parque que tenía delante.

Aunque el duque era curioso, tenía el instinto de un aristócrata y más deseaba mirar la casa que espiar lo que allí pasaba; pero Flambeau, que tenía el instinto de un ladrón escalador de viviendas y de un detective, ya se había colgado de la horca de una rama, por la que trepó hasta muy cerca de la única ventana iluminada, donde se había corrido una cortina, pero no tan completamente que no dejase un resquicio a un lado por el que, inclinándose un poco sobre una rama delgada que apenas podía sostenerlo, pudo ver al mismísimo coronel Dubosc en el momento en que entraba a un dormitorio tan lujoso como alumbrado. Y a pesar de que Flambeau estaba muy cerca de la casa, escuchaba la conversación que sus dos compañeros sostenían, en voz baja, junto a la tapia.

—Bien, después de todo, se encontrarán.

—No se encontrarán nunca —replicó el padre Brown—. Hirsch tenía razón al decir que para solventar asuntos como éste, los principales promotores nunca se encuentran. ¿No ha leído usted una historia eminentemente psicológica de Henry James sobre dos personas que por casualidad nunca se encontraron y que acabaron por temerse mutuamente, pensando que aquel era su destino? Éste es un caso parecido, pero más curioso.

—Hay gente en París que los curará de esas fantasías de locos —opuso Valognes, con acento de venganza—. Verá usted cómo se encuentran si los atrapamos y obligamos a pegarse.

—No se encontrarán ni en el día del juicio —dijo el sacerdote—. Aunque el Dios Todopoderoso los llamase a juicio y San Miguel tocara la trompeta para que cruzaran las espadas; si se presentara uno, el otro dejaría de acudir.

—¿Pero qué significa ese misterio? —exclamó el duque, impaciente—. ¿Por qué no se han de encontrar como otra gente cualquiera?

—Porque son opuestos entre sí —contestó el padre Brown, con una sonrisa bondadosa—. Se contradicen mutuamente. Se aniquilan, por decirlo así.

Y siguió mirando la oscuridad de los árboles, mientras Valognes volvía la cabeza al oír una ahogada exclamación de Flambeau. Éste, que no quitaba la vista de la habitación alumbrada, acababa de ver cómo el coronel, después de dar unos pasos, procedía a quitarse la chaqueta. Flambeau creyó que se trataba de una lucha que iba a empezar; mas luego comprendió que era otra cosa. La robustez y la fortaleza torácica de Dubosc no eran más que rellenos de guata, que desaparecieron con la prenda de vestir. En camisa y pantalones como un esbelto caballero, se dirigió al cuarto de baño sin más propósito hostil que el de bañarse. Se acercó a un lavabo, se secó su cara y manos goteantes y volvió a la zona de luz, que le dio de lleno en el rostro. El color moreno de su piel había desaparecido, el bigote negro había desaparecido; su cara estaba rasurada y palidísima; del coronel no quedaban más que sus brillantes ojos de halcón. En la pared, el padre Brown seguía cavilando como en un soliloquio:

—Esto es lo que yo decía a Flambeau. Estos elementos tan opuestos no se dan, no actúan, no luchan. Si es blanco en vez de negro, sólido en vez de líquido, y así hasta agotar la lista, algo va mal, monsieur, algo va mal. Uno de esos hombres es rubio y el otro moreno, uno recio y el otro delgado, uno fuerte y el otro débil. Uno tiene bigote sin barba y no se le puede ver la boca, el otro lleva barba y no se le pueden ver las mejillas. Uno lleva el pelo rapado, pero también un pañuelo grande que le cubre el cráneo, y el otro lleva caído el cuello de la camisa, pero también el pelo largo que le cubre el cráneo. Todo eso es demasiado limpio y correcto, monsieur, para que haya algo malo. Las cosas tan opuestas no pueden pelearse.

Cuando la una sale, la otra entra. Como la cara y la máscara, como la cerradura y la llave...

Flambeau no apartaba un momento la vista del interior de la casa y estaba blanco como la cal. El ocupante de la habitación estaba de espaldas a él, pero delante de un espejo, y se había encajado una barba rubia de pelo desordenado, que le daba la vuelta a la cara y le dejaba al descubierto una boca burlesca. Reflejada en el espejo, parecía la cara de Judas, riendo horrendamente entre las llamas del fuego del infierno. Por un momento, vio el atónito Flambeau cómo se movían las rubias cejas para quedar ocultas en unos anteojos azules. Y envuelta en una bata negra, aquella figura diabólica desapareció por la parte delantera de la casa. Momentos después, un estruendo de aplausos llegados de la calle paralela al callejón anunciaba que el doctor Hirsch había aparecido otra vez en el balcón.

El puñal alado

Hubo un período en la vida del padre Brown durante el cual le resultaba muy difícil colgar el sombrero de una percha sin advertir ligeros escalofríos. Esta actitud tenía su origen en un detalle encuadrado por circunstancias mucho más complejas; pero debe de ser éste, con seguridad, el único que de ellos persistió por largo tiempo en su agitada vida. Para hallar su origen, preciso es remontarse al momento en que el doctor Boyne, médico forense, tuvo necesidad de pedir su opinión en una mañana muy fría de diciembre.

El doctor Boyne era un irlandés corpulento y curtido, uno de aquellos irlandeses desconcertantes de los que hay algunos ejemplares diseminados por el mundo que disertan sobre el escepticismo científico, sobre el materialismo y el cinismo, pero que ni por asomo intentan aludir a nada que tenga que ver con el ritual religioso, como no sea de la religión tradicional de su país. Sería tarea ardua dilucidar si sus creencias son sólo barniz exterior o si, por el contrario, constituyen un substrato fundamental de su ser; aunque lo más probable sea que algo haya de ambas cosas, con su buen porcentaje de materialismo. De todas formas, cuando pensó que en aquel caso podía haber algún punto tocante a su credo rogó al padre Brown que fuera a visitarlo, sin admitir, en su conversación, que ni asomara la posibilidad de aludir a las creencias.

—No estoy seguro aún de que necesite de usted —fue su saludo—. No estoy seguro de nada. ¡Que me cuelguen si puedo afirmar que sea éste un caso propio de policía, médico o sacerdote!

—Pues bien, dado que usted es a la vez policía y doctor, quedo yo entre la minoría —dijo el padre Brown sonriendo.

—Así es, en efecto. Y no obstante usted es lo que los políticos llaman una minoría especializada —repuso el doctor—; yo lo he convocado porque sé que usted toca un poco nuestros asuntos, sin dejar los que le son propios. Pero es terriblemente difícil decir si este caso le concierne a usted, o simplemente a los tribunales de locos. Acabamos de recibir la carta de un hombre que vive en la vecindad, en aquella casa blanca sobre la colina, pidiendo auxilio contra una persecución homicida. Hemos sacado a relucir la cuestión en la mejor forma… aunque creo será preferible, tal vez, comenzar la narración de lo sucedido desde un principio.

Un caballero de apellido Aylmer, rico propietario del Oeste, se casó, ya bastante entrado en años, y tuvo tres hijos: Philip, Stephen y Arnold. Cuando soltero, pensando no tener sucesión, adoptó a un chico en quien creía ver cualidades muy brillantes y prometedoras, que llevaba el nombre de John Strake. Su cuna parece tenebrosa;

se dice que procedía de un hospicio y otros sostienen que era gitano. Yo creo que lo último ha sido una invención de la gente, debida en parte a que Aylmer, en sus últimos tiempos, se ocupó en toda clase de ocultismos, incluso la quiromancia y astrología; y sus tres hijos aseguran que Strake azuzaba tal pasión, amontonando sobre ésta otras muchas acusaciones: que Strake era un sinvergüenza sin límites y, sobre todo, un mentiroso cabal; que tenía ingenio vivísimo para urdir ficciones improvisadas, con tal maestría que despistarían a cualquier detective. Sin embargo, tales asertos pudieron explicarse tal vez como natural consecuencia de lo que aconteció. Quizá usted se lo ha imaginado ya, poco más o menos. El viejo dejó casi toda su herencia al hijo adoptivo y, a su muerte, los hijos legítimos impugnaron el testamento. Sostenían que su padre había hecho aquella cesión de bienes por efecto de graves amenazas y, además, como dato final, alegaron que el hijo adoptivo lo había llevado a una total e importante idiotez. Dijeron que Strake tenía una manera peculiarísima y siempre nueva de llegarse a él, a despecho de la familia y enfermeras, y atemorizarlo en su propio lecho de muerte. Sea de ello lo que quiera, algo pudieron probar, al parecer, acerca del estado mental del enfermo, por lo que el tribunal declaró nulo el testamento y los hijos heredaron. Se dice que Strake reclamó en la forma más descompuesta imaginable, y que juró que había de matar a sus tres hermanos, uno tras otro, y que nada los libraría de su venganza. Se trata ahora del tercero y último de los hermanos, Arnold Aylmer, que pide protección a la Policía.

—¿El tercero y último? —preguntó el sacerdote con gravedad.

–Sí –dijo Boyne–, los otros dos están muertos. –Antes de proseguir, hizo una pausa–. Ahí comienzan las dudas. No hay ninguna prueba de que hayan sido asesinados, pero tampoco hay razón suficiente para creer que no lo fueran. El mayor de los hermanos se hizo juez de paz y se supone que se suicidó en su jardín. El segundo se dedicó a la industria y una máquina de su propio taller le golpeó la cabeza; de la misma manera que podría haber puesto un pie en falso y caído. Pero si fue Strake el que los mató, es, por cierto, muy hábil en su manera de trabajar y desaparecer luego. Por otra parte, me parece más probable que todo esto sea una mera presunción fundada en algunas coincidencias. Mire usted; lo que pretendo es esto: que alguien, dotado de un poco de sentido común y que no sea agente oficial, obtenga una entrevista con Mr. Arnold Aylmer, y se forme una impresión acerca de él. Usted conoce de sobra cómo es un hombre loco y el rostro de un hombre cuando dice la verdad. Quiero que usted sea el inspector antes de que tomemos en nuestras manos el asunto.

–Me parece raro –dijo el padre Brown– que no se hayan preocupado del asunto antes, pues, de haber algo en todo esto, me parece que ya dura mucho tiempo. ¿Hay alguna razón para que los mande a buscar a ustedes precisamente ahora, y no antes o después?

–Lo había ya pensado, como usted puede imaginarse –dijo el doctor Boyne–; alegó, efectivamente, una razón, pero debo confesarle que es una de las cosas que me hace pensar que en el fondo de todo este asunto no haya más que la manía de un cerebro medio trastornado. Nos dice que todos sus criados se han declarado en huelga, abandonándolo, de suerte que se ve en la necesidad a acudir a la Policía para que proteja su casa. Yo he hecho indagaciones y he venido a cerciorarme de que realmente ha habido una emigración de criados en la casa de la colina; el pueblo está lleno de chismorreos que, he de confesar, son muy parciales. La versión que aquellos dan es que su amo había llegado a un punto completamente insoportable en sus temores, inquietudes y exigencias; que quería que cuidasen su casa como centinelas y que no se acostaran, como si se tratara de enfermeras en un hospital, y que no tenían un momento para estar solos, ya que siempre debían hacerle compañía. Y así todos dijeron a voz en grito que era un maniático y se marcharon. Naturalmente que esto no prueba que sea un maníaco, pero es ya bastante, para hoy día, que un hombre quiera hacer de su ayuda de cámara o doncella un guardián.

—Y ahora —dijo el sacerdote riendo— quiere que un policía haga las veces de doncella, porque su doncella no quiere hacer las de policía.

—También he pensado yo que era esto un poco extraño —corroboró el médico—; pero no puedo negarme rotundamente, sin haber intentado antes un arreglo, y usted va a ser el mediador.

—Muy bien —dijo el padre Brown—. Iré ahora, si usted quiere.

El paisaje que se extendía alrededor del pueblo estaba cubierto por la escarcha, y el cielo era claro y frío como el acero, excepto en la parte nordeste, por donde las nubes empezaban a subir ostentando halos cárdenos. Contra tales oscuros y más siniestros colores se recortaba la casa de la colina con una hilera de pálidas columnas formando un pequeño pórtico a la manera clásica. Un camino sinuoso llevaba hasta ella subiendo la cuesta, y pasando por una masa de oscuros setos. Ante éstos, le pareció que el aire se hacía más y más frío, como si se acercara a una fábrica de hielo o al Polo Norte. Sin embargo, como era persona altamente pragmática, no dejó que tales pensamientos tomaran mayores proporciones que las de una fantasía. Levantó únicamente los ojos hacia la grande y espeluznante nube que subía por detrás de la casa y dijo con vivacidad:

—Va a nevar.

Se introdujo en el jardín por una verja de hierro no muy alta, con dibujos italianizantes, y se encontró en un espacio donde imperaba la desolación típica de los lugares que, habiendo estado ordenados, se han sumido después en el abandono. Frondosidades verde oscuro adquirían ahora un tono gris por efecto del leve polvo de la escarcha, largos hierbajos contorneaban los arriates como dos flequillos, y la casa permanecía inmutable en la cima de un bosque enano de hierbajos y matas. La mayor parte de la vegetación consistía en plantas de hoja perenne o muy resistente, y aun siendo tan oscura y abundante era de un tipo demasiado nórdico para convenirle el epíteto de exuberante. Se podía describir como una selva ártica. Algo análogo sucedía con la casa misma que, con su columnata y clásica fachada, podía haber mirado sobre el Mediterráneo, aunque en realidad pareciera marchitarse ahora bajo el viento del mar del Norte. Adornos clásicos dispersos acentuaban el contraste; cariátides y máscaras de la comedia o tragedia vigilaban desde los ángulos del edificio sobre la gris confusión de los senderos, pero incluso sus caras parecían haberse helado. Y era también posible que las volutas de los capiteles se hubiesen encrespado por efecto del frío.

El padre Brown subió los peldaños herbosos hasta llegar a un pórtico cuadrado, que flanqueaban gruesas columnas, y llamó a la puerta. Cuatro minutos después volvió a llamar, y desde entonces estuvo de espaldas a la puerta, observando el paisaje que poco a poco iba ensombreciéndose. La causa del oscurecimiento era la gran mole de sombra de la nube que declinaba hacia el Norte y, al fijar la mirada en las columnas del pórtico, que le parecieron altas y macizas en la semioscuridad, pudo apreciar el opaco ribete de la gran nube asomar por encima del tejado y descender hacia el pórtico como si fuera una manta. La manta gris, con sus bordes ligeramente coloreados, parecía pesar más y más sobre el jardín hasta que del cielo, que hasta entonces había sido de un color claro y pálido propio del invierno, no quedaron más que algunas vetas de plata y jirones como de una débil puesta de sol. El padre Brown continuaba aguardando, sin que oyera, procedente del interior, ningún ruido. Bajó rápidamente los peldaños y dio la vuelta a la casa para buscar otra entrada. Halló una, auxiliar, en la pared desprovista de luces y, como en la delantera, volvió a golpear y a esperar. Finalmente intentó abrirla, aunque renunció a hacerlo al darse cuenta de que la puerta estaba cerrada o atrancada por un medio u otro y, cerciorado de ello, continuó su ronda pensando si el excéntrico señor Aylmer no se habría encerrado con demasiadas precauciones y le era imposible oír a quienes llamaran; o si estaría aún encerrándose más por suponer que la llamada proviniera del vengativo Strake. Existía la posibilidad de que los emigrantes criados hubiesen sólo abierto una puerta aquella mañana y que su amo la hubiera cerrado después; pero, en todo caso, era inverosímil que, en la forma en que había ido todo, hubiesen tenido la precaución de mirar con interés la defensa de su dueño. Prosiguió, pues, en su ronda del edificio. No era de grandes proporciones, aunque sí algo presuntuoso, y pronto observó que le había dado una vuelta completa. Mirando a su alrededor halló lo que suponía y buscaba, una ventana semioculta entre enredaderas que, por descuido, estaba abierta; encaramándose por ella, se encontró en una habitación central, amueblada con cierto lujo, aunque algo pasada de moda, una escalera a un lado y una puerta al otro, y frente a él otra puerta con cristales rojos, cuyo aspecto impactaba un poco con el gusto de la época; daba la impresión de una figura vestida de rojo y recortada en vidrio de color. Sobre una mesa redonda, a su derecha, había un recipiente lleno de agua verde, dentro se movían algunos peces y otras cosas parecidas, como si estuvieran en un estanque: frente por frente, había una planta de la especie de las palmeras, con hojas verdes muy grandes. Tenía un carácter tan polvoriento y Victoriano que el teléfono, visible en la alcoba oculta por unos cortinajes, resultaba una sorpresa.

–¿Quién es? –resonó una voz algo fuerte y alterada hasta cierto punto, que provenía detrás de la puerta de cristales.

–¿Podría saludar a Mr. Aylmer? –preguntó el sacerdote, excusándose.

La puerta se abrió y un señor, envuelto en una bata de color verde loro, apareció con rostro inquisitivo. Su cabello era bastante hirsuto y descuidado, como si hubiera estado en cama o viviendo en un constante desasosiego, pero sus ojos, sin embargo, no sólo estaban despiertos, sino alerta, y determinadas personas los habrían podido calificar de alarmados. El padre Brown sabía de sobra que tal expresión podía darse en cualquier hombre que, bajo la amenaza o aprensión de un peligro, se hubiese arruinado. Tenía un bello rostro aguileño, cuando se lo miraba de perfil, pero en cuanto se lo miraba de frente sugería la sensación de desorden, aumentado incluso por el descuido peculiar de su barba color castaño.

–Yo soy Mr. Aylmer –dijo–, pero he perdido ya la costumbre de esperar visitantes.

Algo en la incierta mirada que le dirigía Mr. Aylmer hizo que el sacerdote atacara su cometido sin preámbulo, pensando en que, si la persecución de aquel hombre era sólo una monomanía, no se iba a mostrar ofendido.

–Estaba justamente preguntándome –dijo el padre Brown con suavidad– si sería cierto que usted no esperaba nunca a nadie.

–No anda usted equivocado –contestó el dueño de la casa sin titubear–, espero siempre una visita. Y, en caso de llegar, pudiera muy bien ser la última.

–Confío en que no llegue nunca –dijo el padre Brown–; por lo menos, me alegra pensar que yo no me parezco en nada a él.

Mr. Aylmer se estremeció con sarcástica sonrisa.

–Verdaderamente no se parece –dijo.

–Mr. Aylmer –manifestó el padre Brown con franqueza–, he de comenzar por pedir excusas de haberme tomado esta libertad, pero algunos amigos míos me han dicho que se hallaba usted en un apuro y me han rogado que subiera, por si podía ayudarlo. La verdad es que tengo una cierta experiencia en asuntos como el presente.

–Carece de semejanza con cualquier otro –dijo Aylmer.

–¿Quiere usted decir que las tragedias que han tenido lugar en su desgraciada familia no han sido muertes naturales?

–Quiero decir más; que ni los asesinos fueron normales –contestó el otro–. El hombre que nos está acorralando hacia la muerte es un sabueso infernal y su poder emana de Satanás.

–El mal tiene un solo origen –afirmó el sacerdote con gravedad–. Pero, ¿cómo sabe usted que no eran asesinos normales?

Aylmer contestó con un ademán, ofreciéndole que se sentara, y luego lo hizo él en otra silla, frunciendo el entrecejo y apoyando sus manos sobre las piernas. No obstante, cuando levantó el rostro, la expresión que se reflejaba en él era más suave y pensativa, y su voz tenía un tono cordial y controlado.

–Señor –dijo–, no quiero que me tenga, ni por un momento, por persona que no se halla en su cabal juicio. He llegado a las conclusiones precedentes por estricto razonamiento, pues, desgraciadamente, la razón nos conduce a este resultado. He leído bastante acerca de las aludidas cuestiones, pues soy el único que ha heredado las nociones de mi padre en tan oscuros sucesos e incluso su biblioteca. Sin embargo, lo que voy a decirle no se basa en mis lecturas, sino en lo que yo mismo he visto.

El padre Brown asentía, y el otro continuó su relato como quien elige con cuidado las palabras:

–En el caso de mi hermano mayor, tuve mis dudas. No había señales ni huellas en el lugar donde se lo encontró muerto con la pistola a su lado. Pero acababa de recibir una carta amenazadora de nuestro enemigo, sellada con un puñal alado, lo cual constituye uno de sus emblemas cabalísticos e infernales. Y un criado afirmó que había visto moverse algo por la pared del jardín y que era sin duda demasiado grande para tratarse de un gato. Ya no sé más; todo lo que puedo decir es que en caso de ser el asesino, no dejó trazas de su visita. Pues bien, cuando murió mi hermano Stephen, todo ocurrió de manera distinta y desde entonces no me queda ya lugar a dudas. La máquina trabajaba al aire libre bajo la torre de la fábrica, a la que yo mismo subí después que él hubo sucumbido bajo el martillo de hierro que le golpeó la cabeza; no vi que lo tocara otra cosa, pero también puedo decirle que vi lo que vi.

Una gran humareda de la chimenea de la fábrica me ocultó la torre y, sin embargo, a través de un claro pude distinguir una forma humana cubierta por una capa negra. A continuación vino otro golpe de humo y, cuando se hubo desvanecido, miré hacia la chimenea y no vi a nadie. Soy un hombre racional y quiero preguntar, a todos los que lo son, cómo aquel pudo alcanzar con sólo el poder humano tales alturas inalcanzables, y cómo bajó de ellas.

Se quedó mirando entonces al sacerdote con un aire de reto y, al cabo de un corto silencio, continuó bruscamente:

—Los sesos de mi hermano anduvieron por los suelos, pero su cuerpo no sufrió graves daños, y en su bolsillo encontramos uno de aquellos mensajes que lo prevenía, con fecha del día anterior, y que ostentaba el sello con el mencionado puñal alado.

Estoy seguro —prosiguió con gravedad— de que el símbolo alado no es algo meramente arbitrario o accidental; nada hay en aquel hombre aborrecible que sea casual. Todo en él tiene una intención; aunque hay que reconocer que es una de las intenciones más oscuras e intrincadas que concebirse pueda. Su mente se rige no sólo por planes complicadísimos, sino por toda suerte de lenguas secretas, signos y mudas señales, y por imágenes sin nombre que representan cosas que no pueden nombrarse. Se trata de la peor clase de hombres que el mundo conoce; es el místico malvado. No pretendo penetrar de momento todo lo que semejante imagen entraña; pero parece inequívoco que algo tiene que ver con lo más digno de mención, incluso con lo increíble de los movimientos con que ha acechado siempre a mi familia ¡Dígame si no hay conexión entre la idea de un puñal alado y la misteriosa manera como Philip fue asesinado en su propio jardín sin que la más leve huella indicase su paso por encima del polvo o hierba! ¡Y dígame si no hay conexión entre un puñal con plumas, volando como una saeta emplumada, y aquella figura suspendida en la más alta de las chimeneas, que llevaba una capa con alas!

—Luego, ¿cree usted —dijo el padre Brown, pensativo— que se halla en continuo estado de levitación?

—Simón Mago —contestó Aylmer— lo alcanzó, y es una de las predicaciones más extendidas respecto de los oscuros tiempos venideros, la de que el Anticristo podrá volar. Como quiera que sea, apareció el signo de la daga sobre la carta y si podía volar o no, lo ignoramos, aunque por lo menos podía herir.

El rostro imperturbable rompió a reír.

—Usted mismo lo verá —dijo Aylmer molesto—, pues cabalmente acabo de recibir uno esta mañana.

Estaba ahora echado hacia atrás en su silla, con sus largas piernas extendidas asomando de la bata, un poco demasiado corta para su talla, dejando descansar un barbudo mentón sobre el pecho. Sin perder esta actitud introdujo una mano en el bolsillo de la bata y sacó un pedacito de papel, que tendió con brazo rígido al clérigo. Toda su actitud denotaba una especie de parálisis con algo a la vez de rigidez y de colapso.

Pero la observación formulada por el clérigo tuvo el poder sorprendente de despertarlo.

El padre Brown estaba mirando a su peculiar manera el papel que le había entregado. Era un papel grueso, pero no vulgar, del que acostumbran a emplear los artistas para hacer apuntes; en él aparecía, dibujada con habilidad, con tinta, una daga provista de alas, como el caduceo de Hermes, con la leyenda:

"La muerte te llegará mañana, al igual que a tus hermanos".

El padre Brown tiró el papel al suelo, y se irguió en su asiento mientras decía:

—No debe usted consentir que esas necedades lo reduzcan a la impotencia —formuló con decisión—; esos diablos intentan siempre reducirnos a la impotencia arrebatándonos incluso la esperanza.

Con gran sorpresa suya, las palabras pronunciadas parecieron operar una fuerte reacción en la postrada figura de su interlocutor, que se levantó de la silla como si acabase de despertar de un letargo.

—¡Tiene usted razón, tiene usted razón! —exclamó Aylmer con vivacidad un poco insegura—. Ya se apercibirán, al cabo, de que no estoy tan indefenso ni tan desesperado. Es posible que tenga mis razones para abrir el espíritu a la espera, y mejor ayuda de la que usted mismo puede suponer.

Permanecía de pie ante el sacerdote, frunciendo el entrecejo y con las manos en los bolsillos. El padre Brown tuvo unos momentos de duda, creyendo que la amenaza de aquel constante peligro podía haber trastornado el cerebro del hombre. Pero cuando se dispuso a hablar, Aylmer lo hizo en forma muy reposada.

—Creo que mis desgraciados hermanos sucumbieron porque usaron un arma completamente inútil. Philip llevaba un revólver, y por eso dijeron que su muerte había sido un suicidio. Stephen se rodeó de policías, pero, al ver que resultaba un tanto ridículo, no pudo admitir que un policía lo acompañase por la escalera de mano hasta una pequeña plataforma donde sólo debía permanecer unos segundos. Ambos eran unos irreverentes, reaccionando con escepticismo frente al extraño fervor místico de mi padre en sus últimos tiempos. Yo, en cambio, creía siempre que había en mi padre más de lo que ellos podían comprender. Es verdad que por sus estudios sobre la magia acabó creyendo en las angosturas de la magia negra: la magia negra de ese sinvergüenza de Strake. Pero mis hermanos se equivocaron en el antídoto. El antídoto de la magia negra no es el soez materialismo y sabiduría mundana. El antídoto de la magia negra es la *magia blanca*.

—Todo depende de lo que usted entienda por magia blanca —dijo el padre Brown.

—Me refiero a la magia de plata —dijo el otro en voz baja y misteriosa, como si revelara un secreto—. ¿Sabe usted lo que quiero decir cuando hablo de magia de plata? Perdóneme un instante.

Se volvió, abrió la puerta vidriera, desapareció por un pasillo. La casa tenía menos profundidad de la que Brown había supuesto; en lugar de abrirse aquella puerta en habitaciones interiores, desembocaba en un pasillo que, por lo que el sacerdote pudo ver, terminaba en otra puerta que se abría al jardín. La puerta de una de las habitaciones daba a dicho pasillo; y el clérigo no dudó en tenerla por la correspondiente a la habitación del dueño, ya que precipitadamente había salido de ella con la bata puesta. No había en aquel lienzo de pared nada más que un insignificante paragüero, con su acostumbrado cúmulo de sombreros viejos y sobretodos; pero al otro lado había algo más interesante: un estante de caoba oscura, con algunos objetos de plata, sobre el que colgaba una panoplia llena de antiguas armas. Arnold Aylmer se paró ante ella, levantó los ojos, escogió una pistola larga y vieja, con el cañón en forma de campana.

La puerta que daba al jardín estaba entreabierta y por la rendija entraba un haz de luz blanquísima. El clérigo poseía un instinto muy agudo sobre los fenómenos naturales, y algo en la inusitada luz le dijo lo que había sucedido fuera. No era más que lo que había anticipado al acercarse a la casa. Pasó rápidamente ante su sorprendido compañero y abrió la puerta para encontrarse con algo que era una llamarada y una fría extensión. Lo que había visto brillar a través de la rendija no era sólo la blancura negativa de la luz solar, sino la más positiva blancura de la nieve. Todo el paisaje se hallaba cubierto por aquel pálido brillo, tan atrevido e inocente a la vez.

—Aquí por lo menos tenemos magia blanca —dijo el padre Brown alegremente, y al volverse hacia el salón murmuró–: y también magia de plata, supongo –pues el haz de luz que entraba por la puerta dio sobre los objetos de plata, encendiéndolos con singular esplendor e iluminando algunas partes de las enmohecidas armas. La desaliñada cabeza de Aylmer pareció rodearse de un halo de lumbre argéntea mientras se volvía con su rostro recatado en la sombra y la ridícula pistola en su mano.

–¿No sabe usted por qué razón he escogido esta anticuada pistola? Porque puedo cargarla con esa bala.

Tomó una cucharita de las que tienen en el mango un Apóstol repujado y con destreza quitó la figura.

–Vamos a la otra habitación –dijo–. ¿No ha oído usted hablar nunca de la muerte de Dundee? –preguntó cuando hubieron vuelto a sentarse. Y se hallaba ya repuesto del agobio que le había producido la inquietud del sacerdote–. Graham de Claverlause, ¿sabe?, el que persiguió a los firmantes del pacto escocés de la reforma religiosa y que tenía un caballo negro que podía subir por las breñas de un precipicio, ¿no sabe usted que únicamente podía sucumbir a causa de una bala de plata, pues se había vendido al diablo? Por lo menos sabe usted cosas del diablo para creer en él.

–¡Oh, sí! –contestó el padre Brown–, y creo en el diablo. Pero en quien no creo es en el tal Dundee. Quiero decir, en el supuesto Dundee de las leyendas de la reforma religiosa y en la maravilla de su caballo negro. John Graham era sólo un soldado profesional del siglo XVII y bastante más notable que la mayor parte de los otros. Y si combatió como dragón, era por ser Dragón, pero no un dragón. Ahora bien: mi experiencia me enseña que no es esta clase de calaveras matasietes los que se venden al diablo. Los adoradores de Lucifer que he conocido son de otra clase. No voy a citar nombres, que podrían causar un revuelo social, sino que me limitaré, por ejemplo, a un hombre del tiempo de Dundee. ¿Ha oído usted hablar de Dalrymple de Stair?

—No —contestó el otro molesto.

—A pesar de todo conocerá usted de oídas lo que hizo, y que fue mucho peor que todo lo que llegó a hacer Dundee; gracias debe dar al olvido por haberlo librado de la infamia. Él fue el autor de la matanza de Glencoe. Era un personaje muy culto y un abogado conocido, un hombre de Estado con vastas y profundas ideas de Gobierno, un hombre reposado, con facciones refinadamente intelectuales. Son de esta clase los hombres que se venden al diablo.

Aylmer se levantó casi de la silla con entusiasmo para corroborar el aserto del clérigo.

—¡Por Cristo, y cuánta razón tiene usted! —exclamó—. Un rostro refinadamente intelectual. ¡Así es el rostro de John Strake!

Se levantó y fijó la mirada en la cara del sacerdote con especial concentración.

—Si tiene la bondad de aguardar aquí unos instantes —dijo—, le enseñaré algo.

Salió por la puerta vidriera, cerrándola tras de sí, y se dirigió, en opinión del sacerdote, hacia el viejo estante o a su aposento. El padre Brown permaneció sentado, mirando distraídamente la alfombra, en la que brillaba un pequeño reflejo rojo de la puerta vidriera. Pareció encenderse como un rubí y volvió a apagarse como si el sol de aquel tempestuoso día hubiese pasado de una nube a otra. Nadie se movía, salvo los seres acuáticos, que flotaban de acá para allá en el recipiente verde. El padre Brown se sumió en intensas meditaciones.

No habían transcurrido aún dos minutos cuando se levantó, dirigiéndose sin hacer ruido a la alcoba, donde había visto el teléfono, para llamar a su amigo, el doctor Boyne.

—Lo llamo para hablarle del asunto Aylmer; es una historia muy rara, pero me parece que en ella algo hay de verdadero. Si yo estuviera en su puesto mandaría aquí a cuatro o cinco de sus hombres para que guardasen la casa, porque si sucede algo, creo que va a ser en forma de fuga.

Colgó el aparato y volvió a sentarse en el mismo lugar donde estuviera; continuó observando la alfombra y vio de nuevo encenderse un brillo sanguíneo que procedía de la puerta vidriera. Algún detalle de aquella luz filtrada le trasportó de golpe su mente hacia campos lejanos, en los confines del pensamiento que, con la primera luz del día, antes de asomar la aurora, se muestra alternativamente luminoso o velado, adoptando formas simbólicas de ventanas y puertas.

Un aullido inhumano, producto de una voz humana, resonó al otro lado de la puerta, casi al mismo tiempo que el ruido de un pistoletazo. Sin que los ecos se hubieran desvanecido por completo, la puerta fue abierta con violencia inaudita y el dueño entró tambaleándose en la habitación, con su bata desgarrada y la anticuada pistola echando humo. Parecía que todos sus miembros temblaban, aunque el temblor procedía de unas carcajadas siniestras.

—¡Gloria a la magia blanca! —exclamó—. ¡Gloria a la bala de plata! El sabueso infernal ha salido de caza demasiadas veces y llegó por fin la hora en que mis hermanos quedarán vengados.

Se dejó caer en una silla y la pistola resbaló de sus manos al suelo. El clérigo se levantó precipitadamente, abrió la puerta de cristales y se fue por el pasillo. Puso la mano sobre el picaporte de la puerta de la habitación, como si intentase entrar, se agachó, como si quisiera examinar algo, y luego se abalanzó a la puerta que comunicaba con el jardín y la abrió de par en par.

Sobre el campo nevado, cuya superficie había sido lisa y blanca hacía unos instantes, aparecía un objeto negro. A primera vista semejaba un enorme murciélago. Una segunda mirada convencía de que era una figura humana caída de bruces, con la cabeza cubierta por un ancho sombrero de color negro, que tenía algo de sudamericano. La impresión de alas procedía de las anchas mangas del sobretodo, extendidas a uno y otro lado en toda su amplitud. Las manos quedaban ocultas, pero el padre Brown creyó deducir la posición de una de ellas y, muy cerca, bajo el pliegue del gabán, discernió el brillo de un arma blanca. El conjunto era exactamente el de una de estas fantasías de la Heráldica; parecía un águila negra sobrevolando el campo blanco. Pero cuando levantó el sombrero vio la cara, que tenía en realidad los trazos refinadamente intelectuales. Con apariencias de aséptica y austera: era sin duda el rostro de John Strake.

—¡Estamos arreglados! —rezongó el padre Brown—. Parece, por cierto, un vampiro que se haya abatido como un ave.

—¿Y de qué otra manera podía haber venido? —exclamó una voz procedente de la puerta; y el padre Brown vio a Aylmer que lo miraba fijamente desde el zaguán.

—¿No pudo haber venido caminando?

Aylmer extendió el brazo hacia las próximas veredas y dijo:

—Mire usted la nieve; está intacta, tan pura como la magia blanca a la que usted mismo hace poco la ha comparado. ¿Hay por ventura otra mancha que la de ese lodo caído ahí? No hay otras huellas que las de usted y mías; no hay ninguna que se aproxime a la casa.

Miró al sacerdote con una peculiar y concentrada expresión, y dijo:

—Le voy a advertir algo más aún. El abrigo que utiliza para volar es demasiado largo para haberse podido servir del mismo normalmente. No era un hombre muy alto; y por tal razón habría arrastrado la prenda con él como una cola real. Extiéndalo usted sobre su cuerpo y verá.

—¿Y qué hubo entre ustedes dos? —preguntó el padre Brown.

—Fue demasiado rápido para poderlo describir —contestó Aylmer—. Yo había salido para mirar fuera y, al volver la espalda, sentí algo semejante a un remolino de viento junto a mí, como si el remolino me zarandeara en medio del aire. Me las arreglé para dar la vuelta, tiré sin saber dónde y vi lo mismo que usted ve. Estoy seguro de que, en caso de no haber tenido la pistola cargada con la bala de plata, no lo vería usted donde lo ve ahora. El que yacería en su lugar sería otro.

—Perdone que lo interrumpa: ¿quiere usted dejarlo ahí en la nieve o prefiere que lo llevemos a su habitación? Supongo que es su habitación la que da al pasillo.

—No, no —contestó Aylmer con presteza—. Debemos dejarlo ahí hasta que la Policía lo haya visto. Tengo ya bastante de este asunto y, suceda lo que suceda, voy a tomar un trago. Después pueden ahorcarme si les place.

En el salón, entre la palmera y el acuario, Aylmer se dejó caer en una silla; estuvo a punto de volcar el recipiente cuando entró en la habitación, pero acabó por encontrar una botella de coñac después de haber mirado muchos armarios y rincones. No se mostraba como una persona metódica, pero también es cierto que en aquel instante parecía haber llegado al colmo de su agitación. Sorbió un largo trago y empezó a hablar con apresuramiento, cual si quisiera llenar con sus palabras el silencio.

—Veo que no está aún convencido, a pesar de haberlo visto con sus propios ojos. Créame, había algo más que la simple pelea entre el espíritu de Strake y el de la casa Aylmer. Además, que a usted no le sienta nada bien ser un incrédulo. Usted debiera ponerse al lado de todas esas cosas que las personas estúpidas llaman supersticiones. ¿No cree que hay mucha verdad en lo que dicen las comadres acerca de la suerte, encantos y otras cosas, incluyendo las balas de plata? ¿Qué opina usted de esto, como católico?

—Pues le digo que soy agnóstico —contestó el padre Brown sonriendo.

—Tonterías —pretendió Aylmer impaciente—, usted no debe hacer nada más que creer cosas.

—Pues naturalmente que creo algunas cosas —concedió el padre Brown—, y por ello, como es natural, dejo de creer en otras.

Aylmer había adelantado su cuerpo y lo estaba mirando con la fuerza de los que pretenden hipnotizar.

—Usted lo cree —dijo—. Usted lo cree todo. Todos creemos en todo aunque lo neguemos. Los que niegan creen. ¿No siente usted en su corazón que estas contradicciones no se contradicen? ¿Que hay un cosmos que lo contiene todo? El alma gira sobre una rueda estrellada y todo vuelve de nuevo; podría ser que Strake y yo hubiésemos luchado en otra forma, bestia contra bestia, pájaro contra pájaro, a lo mejor seguiremos así luchando por toda una eternidad. Y desde el momento en que nos buscamos y somos imprescindibles el uno para el otro, entonces incluso este odio eterno se convierte en un eterno amor. El bien y el mal giran sobre una rueda que es una sola cosa y no varias. ¿No acepta usted en su ser más interno, no cree usted a pesar de todas sus creencias, que hay una sola verdad y que nosotros somos únicamente sombras de ella; y que todas las cosas no son más que aspectos de una cosa única, un centro en el cual los hombres se funden en el Hombre y el Hombre en Dios?

—No —dijo el padre Brown.

En el exterior, el crepúsculo comenzaba a declinar, en ese transcurso de las tardes nevadas en la cual parece la tierra más brillante que el cielo. En el pórtico principal, el padre Brown pudo distinguir a través de una ventana velada por una cortina la figura bastante corpulenta de un hombre. Miró luego a la ventana por la que había entrado y vio ante ella la silueta de otros dos hombres inmóviles. La puerta interior con los cristales rojos estaba entornada y pudo vislumbrar en el corredor los extremos de dos largas sombras, exageradas y deformes por la luz horizontal de la puerta; ambas podían identificarse aún por la caricatura de unos hombres. El doctor Boyne había obedecido a su llamada telefónica. La casa estaba guardada.

—¿De qué le sirve a usted decir que no? —insistió el dueño con la misma mirada hipnotizadora—. Usted mismo ha visto parte del eterno drama. Usted ha visto a John Strake amenazar de muerte a Arnold Aylmer por la magia negra. Usted ha visto a Arnold Aylmer matar a John Strake por la magia blanca. Usted ve a Arnod Aylmer vivo y conversando con usted mismo. Y a pesar de todo esto usted sigue sin creer.

–No, no lo creo –dijo el padre Brown, levantándose como el que está dispuesto a poner fin a una entrevista.

–¿Y por qué no? –preguntó el otro.

El sacerdote levantó algo más la voz, que resonaba como trompeta por toda la sala.

–Porque usted no es Arnold Aylmer –dijo–, y porque sé de sobra quién es. Su nombre es John Strake; y acaba usted de asesinar al último de sus hermanos, que yace ahí en la nieve.

Un círculo blanco se dibujó alrededor de la pupila de aquel individuo, que parecía hacer un esfuerzo postrero para hipnotizarlo. Después se apartó a un lado y, al moverse, se abrió la puerta que tenía a su espalda y dos policías le pusieron una mano sobre los hombros. La otra mano colgaba a su lado, empuñando un revólver. Miró desesperado a su alrededor y pudo ver que no había salida posible.

Aquella noche el padre Brown tuvo una larga conversación con el doctor Boyne sobre la tragedia de los Aylmer. No quedaba ya lugar a dudas sobre el punto principal de la misma, puesto que el propio Strake había confesado su identidad y, lo más importante, sus crímenes, aunque estaría más cercano de la verdad decir que se había vanagloriado de sus victorias, haciendo gala de haber coronado la obra de su vida con la muerte del último Aylmer; todo lo demás, incluyendo su propia existencia, le era indiferente.

—El hombre parece un monomaníaco —dijo el padre Brown—, pues no le interesa ningún otro asesinato, y esta observación tuve que repetírmela diversas veces, esta tarde, para calmar mis temores. Como sin duda se le habrá ocurrido a usted, le hubiera sido más fácil pegarme un tiro y largarse guapamente, que entretenerse inventando toda esta ingeniosa máquina sobre vampiros y balas de plata. Le aseguro que tal idea me ha perseguido con verdadera insistencia.

—¿Y por qué no lo hizo? —observó Boyne—. No lo comprendo, pero en realidad no comprendo aún nada. Sin embargo, ¿por dónde lo descubrió usted y qué es lo que ha descubierto?

—Usted mismo me armó una información preciosísima —contestó el padre Brown con modestia—; justamente me dijo usted lo que para mí ha tenido un valor imponderable. Usted afirmó que Strake era un embustero de gran imaginación y que tenía un gran aplomo al decir sus embustes. Esta tarde se vio precisado a usar de su habilidad y estuvo a la altura de las circunstancias; y creo que su única falta constituyó en escoger una historia demasiado sobrenatural; creía que porque yo era un clérigo estaba dispuesto a creerme cualquier cosa. Hay muchas personas que se equivocan en este mismo punto.

—No puedo aún ver el principio y el fin; debe usted empezar por lo primero —dijo el doctor.

—Lo primero fue la bata, fue un disfraz realmente bueno. Cuando uno entra en una casa y se encuentra con un hombre con la bata no titubea en considerarlo el dueño. Esta misma reflexión me hice yo, pero después comenzaron a suceder cosas, pequeños detalles, algo raros. Cuando escogió la pistola, la amartilló primero, como lo haría el que quiere asegurarse de si está o no cargada; yo imaginé que él debía de saber si las pistolas de su propia casa estaban cargadas. Tampoco me gustó la manera como se puso a buscar el coñac, ni cómo al entrar en la habitación estuvo a punto de volcar el acuario; pues el hombre que tiene un objeto tan frágil habitualmente en su habitación adquiere un hábito mecánico de evitarlo. Con todo, estas anomalías podían haber sido mera imaginación. En la primera cosa en que vale la pena fijarse es en lo siguiente: salió de un pasillo que tenía una puerta a cada lado y en el pasillo mismo sólo había una que daba a una habitación; yo deduje que era el dormitorio de donde acababa de salir el dueño. Me acerqué a la puerta e intenté abrirla, pero vi que estaba cerrada. Me pareció raro, miré por la cerradura y vi que la habitación estaba vacía, sin cama ni mueble alguno. Por lo tanto no había salido de ninguna habitación, sino de la casa. Y cuando vi esto me lo imaginé ya todo.

El pobre Arnold Aylmer dormía sin duda y vivía tal vez en el primer piso; había bajado en bata y pasado por la puerta de cristales rojos. Al final del pasillo, recortado en negro, contra la luz invernal, vio al enemigo de la casa. Vio a un hombre alto, con barba, con un sombrero negro de ala ancha y un gran abrigo negro. Me parece que poca cosa vio el pobre Arnold de este mundo. Strake se abalanzó sobre él, clavándole un puñal o ahogándolo; no podemos asegurarlo hasta que no esté hecho el informe. Después, Strake, en el estrecho pasillo, entre el paragüero y el viejo zócalo, mientras miraba triunfalmente al último de sus enemigos, oyó algo que no había esperado: oyó pasos en el salón. Era yo, que acababa de entrar por la ventana.

Su disfraz fue un milagro de presteza. No sólo hacía de disfraz, sino que surtía un efecto novelesco. Se quitó su gran sombrero negro y abrigo y se puso la bata del muerto. Después hizo una cosa espantosa, algo que para mí es más espeluznante que lo demás. Colgó el cadáver, como si fuera un gabán, de una de las perchas. Lo tapó con su largo abrigo que advirtió colgaba bastante por debajo de los pies y cubrió su cabeza con el ancho sombrero que llevaba. Era ésta la única manera posible de esconderlo en aquel estrecho pasillo con una puerta cerrada; pero he de decir que fue una manera muy ingeniosa de hacerlo. Yo mismo pasé por delante de él sin darle más importancia que la que se da a un paragüero. Me parece que esta inconsciencia mía me producirá siempre escalofríos.

Podía haberlo dejado como estaba, pero quedaba aún el peligro de que yo lo descubriera, y un cadáver colgado de esta forma estaba pidiendo explicaciones. Optó, pues, por lo más atrevido; descubrirlo y explicarlo por sí mismo.

Entonces, en la extraña y espeluznante fertilidad de su mente, tomó cuerpo la posibilidad de invertir los papeles. Él mismo optó por la forma y nombre de Arnold Aylmer; ¿y por qué no hacer que el muerto representara a John Strake? Debió de haber algo, en el intercambio de personalidades, que gustó a la macabra fantasía de aquel hombre. Era como si los dos enemigos tuvieran que ir a un monstruoso baile de máscaras, disfrazados el uno del otro. Sólo que el baile de máscaras iba a convertirse en una danza de la muerte; y uno de los bailadores debía aparecer muerto. Por eso imagino que le agradó y puedo imaginármelo sonriendo.

El padre Brown miraba al vacío con sus grandes ojos grises que, cuando no permanecían ocultos por su manía de cerrar los párpados, eran la única cosa notable de su rostro. Continuó hablando con sencillez y seriedad.

–Todas las cosas nos provienen de Dios; y, muy especialmente, la razón y la imaginación, que son los grandes dones hechos al alma. Son buenos en sí mismos, y no debemos olvidar su origen, aun cuando se haga mal uso de ellos. Ahora bien: este hombre poseía una cualidad muy propia para ser pervertida; el poder de inventar historias. Era un gran novelista; sólo que había desviado sus aptitudes hacia un fin práctico y perverso: engañar a los hombres con argumentos falsos en lugar de verdaderos. Empezó seduciendo al viejo Aylmer con complicados argumentos y mentiras ingeniosamente razonadas; pero, al principio, fueron sólo mentiras y cuentos de un niño que con la misma facilidad puede decir que ha visto al rey de Inglaterra que al rey de las Hadas. Tal vicio se reforzó en él a través del que exagera y perpetúa a todos los demás: el orgullo. Fue enorgulleciéndose más y más de su presteza en producir historias, de su originalidad y de la sutileza con que las desarrollaba. A esto se referían los Aylmer cuando dijeron que podía haber embaucado a su padre; y era cierto. Se trata del mismo sortilegio que el narrador usó con el tirano de *Las Mil y Una Noches*. Y hasta al fin atravesó el mundo con el orgullo del poeta; y con el falso, aunque inconmensurable brío que posee el embustero. Se veía aún con mayor aptitud para producir cuentos fantásticos, cuando tenía la cabeza en peligro. Y hoy la tenía.

Pero estoy seguro de que ha disfrutado haciéndolo como si fuera una fantasía y a la vez una conspiración.

Se propuso contar la verdadera historia, aunque al revés: tratando al muerto como vivo y al vivo como difunto. Se había ya puesto la bata de Aylmer e iba ahora camino de ponerse su cuerpo y su alma. Miraba al cadáver que yacía en la nieve como si fuera el suyo propio. Extendió el abrigo de manera que sugiriera el aterrizaje de un ave de presa, y no sólo procuró encubrirlo bajo su propia prenda de vestir, oscura y holgada, sino también inventando un cuento de hadas acerca del pájaro negro que sólo podía sucumbir a una bala de plata. Ignoro si fue el brillo de los objetos de plata sobre el estante o la nieve que brillaba en la campiña lo que sugirió a su extraordinario temperamento de artista el tema de la magia blanca y el metal blanco que se usa contra los magos. Pero sea cual fuere su origen, lo desarrolló como un poeta, improvisándolo como hombre práctico que era. Remató el intercambio y sustitución de las partes tirando el cadáver sobre la nieve como si fuera el cuerpo de Strake. Hizo lo mejor que pudo para presentar a Strake como una figura espeluznante, como algo que estuviera rondando por el aire, como una arpía de alas veloces y garras de muerte, para explicar la ausencia de huellas sobre la nieve y otras cosas. Como ejemplo de bellaquería artística lo admiro intensamente. Al presentarse una contradicción la utilizó como argumento; y dijo que, siendo el abrigo del cadáver demasiado largo para él, probaba que jamás había andado por el suelo como los demás mortales. Pero me miró con tal intensidad al decirlo que algo me indujo a pensar que intentaba hacer prevalecer una gran impostura.

El doctor Boyne parecía pensar.

–¿Había usted descubierto la verdad por entonces? –preguntó–. Algo hay muy raro y que los nervios delatan con terrible exactitud, pienso yo, siempre que nos encontramos frente a algún caso que afecta a la identidad. No sé si será más fatal llegar a adivinarlo de esta manera tan rápida o por etapas. Me gustaría saber cuándo le entró la sospecha y cuándo estuvo seguro.

–Me parece que empecé a sospechar con algún fundamento cuando le telefoneé. Y lo que me dio pie para ello no fue otra cosa que el reflejo rojo de la puerta vidriera sobre la alfombra encendiéndose y apagándose. Parecía una mancha de sangre que al pedir venganza se encendiera. ¿Por qué razón sufría esos cambios? Estaba seguro de que el sol no había salido; y podía sólo atribuirse a que la puerta que daba al jardín se abriera y se volviese a cerrar. Si entonces hubiese descubierto a su enemigo habría chillado, y fue únicamente unos minutos después cuando ocurrió la crisis. Empezó a ganarme la sensación de que había salido a hacer algo… a preparar algo… Pero cuándo adquirí la completa seguridad, eso ya es otra cosa. Sabía que al final intentaba hipnotizarme con el negro arte de sus ojos, actuando de talismanes y con su voz, que surtía el efecto de un sortilegio. Con seguridad que esto era lo que hacía con el viejo Aylmer. Pero no sólo era la manera en que lo hacía, sino lo que decía. Era su religión y su sistema filosófico.

–Me temo que soy un hombre muy práctico –dijo el médico un poco molesto– para preocuparme demasiado por la religión y la filosofía.

–Nunca llegará a ser usted un hombre práctico hasta que se preocupe de ello –dijo el padre Brown–. Mire, doctor; usted me conoce lo bastante para saber que yo no soy un fanático. Usted sabe que no desconozco que hay toda clase de hombres en todas las religiones, buenos en las malas y malvados en las buenas. Pero existe un pequeño hecho que he aprendido debido a que soy un hombre práctico, un hecho totalmente práctico aprendido por experiencia, como las jugarretas de un animal o el sabor peculiar a un buen vino. Casi nunca he encontrado a un criminal que no filosofase; que no filosofase sobre las huellas del orientalismo, reencarnación y reaparición, sobre la rueda del destino y la serpiente que se muerde su propia cola: la práctica me ha enseñado que una maldición pesa sobre los servidores de aquella serpiente; sobre sus abdómenes andarán y del polvo comerán; y no he visto nunca un sinvergüenza o disipado que no discurriera sobre espiritualidades semejantes. Pudiera no haber sido así en sus verdaderos orígenes religiosos; pero en nuestro mundo actual ésa es la religión de los malvados; y así comprendí que estaba hablando con uno de ellos.

—¿Y cómo? —dijo Boyne—. Yo creía que un malvado podía profesar la religión que le viniera en gana.

—Sí —asintió el otro—. Podría profesar cualquier religión; podría acatar la forma religiosa que le agradase, si todo fuese mera suposición. Si fuera sólo hipocresía y nada más, sin duda entonces podía aparentarlo con un mero proceso hipócrita. Un rostro cualquiera puede cobijarse bajo la máscara que esconde. Todo el mundo puede aprender ciertas palabras o afirmar aquellas que son sus puntos de vista. Yo mismo puedo salir a la calle y sostener que soy un metodista wesleyano o sandemiano, aunque me temo que lo haría sin gran fuerza. Pero estamos hablando de un artista; y para que un artista pueda disfrutar, necesita que la máscara que se ponga esté poco más o menos moldeada según su rostro. Lo que quiere aparentar debe corresponder a algo que siente; sólo puede moldear sus acciones con materiales de su propia alma. Supongo que él podía también haber afirmado que era un metodista wesleyano, pero nunca habría resultado un metodista tan elocuente como pudo llegar a ser un elocuente místico y fatalista. Estoy hablando del ideal que los hombres de esa clase imaginan, si es que realmente intentan ser idealistas. Todo su afán, cuando hablaba conmigo, tendía a aparecer lo más idealista posible; y siempre que esa clase de hombres trabajan por conseguirlo hallaremos en general que están moldeados según este ideal. Pueden siempre, aunque estén chorreando sangre, decir con toda sinceridad que el budismo es mejor que el cristianismo. Más aún, dirán con toda sinceridad que el budismo es más cristiano que el cristianismo. Esto por sí solo, basta para comprender su idea de cristianismo.

–¡Por vida mía! –exclamó el médico riendo–. No sé aún si lo está denunciando o lo defiende.

–Decir que un hombre es un genio no es defenderlo –dijo el padre Brown–. Al contrario. Es sólo un hecho psicológico que un artista tiene siempre algo de sinceridad. Leonardo da Vinci no habría dibujado si no hubiese tenido la capacidad para hacerlo. Aunque lo intentase sería siempre una parodia muy fuerte de una cosa muy débil. Este hombre habría convertido el metodismo wesleyano en algo terrible y maravilloso.

Cuando el sacerdote salió y se encaminó a su casa, el frío se había hecho más intenso y era embriagador. Los árboles parecían candelabros de plata dispuestos a celebrar una Candelaria de la Purificación increíblemente fría. Era penetrante aquel frío, como la espada de plata del más puro dolor que una vez atravesó el corazón mismo de la pureza. No era, a pesar de ello, un frío mortal, salvo en que parecía matar cuantos obstáculos mortales se oponen a nuestra inmortal o inconmensurable vitalidad. El cielo verde pálido del anochecer, en el cual brillaba una sola estrella, como la de Belén, semejaba, por alguna extraña contradicción, un atrio de claridad. Era como si pudiera existir una verde llamarada de frío que tuviera el poder de comunicar a las cosas igual vitalidad que el calor, y cuando más se hundieran en esos fríos y cristalinos colores tanto más se sentirían ligeros como seres alados y transparentes, como un cristal de color. Resplandecía con la luz de la verdad y deslindaba cual hoja de hielo la verdad de error; todo cuanto sobrevivía a la prueba jamás se había sentido tan lleno de vitalidad. Era como si la encarnación de la felicidad fuera una alhaja escondida en el corazón de un iceberg. El clérigo no podía llegar a comprender lo que le sucedería al hundirse más y más en aquella verde llamarada, sorbiendo cada vez con mayor intensidad aquella virginal vivacidad del aire. Parecía que dejaba enmarañados problemas y morbideces, o que la nieve los borraría como lo había hecho con las huellas del criminal. Y, al acercarse a su casa, moviendo con pena los pies sobre la nieve, murmuró: "No se equivoca al decir que hay una magia blanca. ¡Si supiera tan sólo dónde buscarla!".

La canción del pez volador

El espíritu de Mr. Pilgrim Smart vivía dando vueltas alrededor de cierto objeto que poseía y de una broma que utilizaba con frecuencia. Tal vez se tenga por una broma poco sabrosa, pues consistía sólo en preguntar a la gente si habían visto sus peces dorados. Tal vez se la tenga también por una broma cara y, sin embargo, cabe preguntarse si no le atraía más la broma que gastaba que el valor del objeto que poseía. Hablando con sus vecinos del pequeño grupo de casas nuevas que habían surgido alrededor del antiguo prado comunal del pueblo, no perdía tiempo en hacer reiterar la conversación sobre su tema favorito. Fue a propósito de Mr. Burdock, un biólogo de fama creciente, de mentón decidido y cabello planchado hacia atrás como el de un alemán, que introdujo el tema. "¡Ah! ¿Está usted interesado en la historia natural? ¿Conoce usted mis peces de oro?". Para un evolucionista tan ortodoxo como Mr. Burdock la Naturaleza era un todo; pero a primera vista la trabazón entre una cosa y otra no se le hizo muy patente porque él era un especialista que se había dedicado por entero a los antepasados de la jirafa. En cambio, cuando hizo lo propio con el padre Brown, cura de una iglesia de la ciudad vecina, llenó la conversación con los siguientes tópicos: "Roma-San Pedro-Pescador-pez-peces de oro". Hablando con Mr. Imlack Smith, director de un Banco, hombre delgado y pálido, afectado en el vestir, pero de aspecto mesurado, tocó el tema del patrón oro y de éste a los peces de oro medió sólo un paso. Con el brillante explorador de Oriente, profesor conde Yvon de Lara, cuyo título era de origen francés y cuyo rostro se parecía al de los rusos o, mejor, al de los tártaros, el hábil conversador demostró un gran interés por el Ganges y el Océano Índico, yendo a parar, como era natural, en si cabía la posibilidad de que hubiera peces dorados en aquellas aguas. De Harry Hartopp, hombre muy rico, pero no menos vergonzoso y callado, que acababa de llegar de Londres, logró por fin la aseveración de que no estaba interesado en la pesca, pero el hombre halló la manera de poder decir:

—¡Ah, hablando de pesca! ¿Ha visto usted mis peces dorados?

Lo que tales peces dorados tenían de particular era que estaban hechos de oro y formaban parte de un juguete excéntrico, pero caro, del que se decía que había sido construido para recreo de algún acaudalado príncipe oriental. Mr. Smart lo había adquirido en alguna tienda de ocasiones o antigüedades, casas que visitaba con frecuencia para llenar la suya de objetos únicos e inservibles. Desde el extremo opuesto de la habitación en donde se hallaba el objeto, esta nimiedad no presentaba otras características que las de una bola de cristal desmesuradamente grande, en la que había unos peces desmesuradamente grandes para estar vivos; mas acercándose a ella, notaba uno que era una hermosa burbuja de vidrio veneciana teñida con suaves y delicadas nubes de colores iridiscentes, bajo cuyo velo se replegaban, enormes y grotescos, los peces de oro con rubíes por ojos. El conjunto debería valer objetivamente mucho y, si se daba en pensar en el capricho de los coleccionistas, ¿a cuánto no ascendería su valor? El nuevo secretario de Mr. Smart, un joven llamado Francis Boyle y que a pesar de ser irlandés no se distinguía por precavido, se sorprendió cándidamente de que su dueño hablara con tanta libertad de sus tesoros a un grupo de personas, no muy bien conocidas, quienes se habían reunido de una manera nómada y fortuita en aquel vecindario; los coleccionistas son reservados en general y algunas veces ocultistas. A medida que fue aprendiendo su oficio pudo ver que no era el único en adoptar aquella opinión, sino que había quien la sostenía con marcado vigor.

—Es una maravilla que no le hayan cortado la cabeza —opinó Harris, el criado de Mr. Smart, con cierto gusto imaginativo, casi como si lo hubiese dicho de una forma puramente artística—. Es una lástima.

—Es extraordinaria la manera como descuida las cosas —dijo el jefe de oficina de Mr. Smart, Jamerson, que había venido de la oficina para asistir al nuevo secretario—. Ni siquiera pone esas desvencijadas barras detrás de su desvencijada puerta.

—No hay nada que objetar respecto al padre Brown o al doctor —dijo el ama de llaves con la vaguedad de tono con que solía expresar sus opiniones—. Pero por lo que a los extraños se refiere, yo creo que es tentar a la Providencia. Tampoco pensaría mal del conde, pero aquel señor del Banco me parece demasiado amarillo para que sea inglés.

—Hartopp es tan inglés que sólo sabe guardar silencio —dijo Boyle con buen humor.

—Así piensa más —replicó la mujer—. Quizá no sea extranjero, pero desde luego no es tan tonto como parece. Exótico es el que exóticamente se comporta —añadió con misterio.

La fuerza de sus convicciones se hubiera acrecentado de haber oído la conversación que se desarrollaba en el salón de su dueño, motivada por los peces de oro, y gracias a la cual el ofensivo extranjero iba colocándose en primer plano, no por lo que hablara, que no era mucho, sino porque su silencio tenía algo de elocuente. Si parecía algo más regordete era debido a que se hallaba sentado sobre un montón de almohadones y, en la creciente oscuridad, su ancho rostro deficiente quedaba ligeramente iluminado cual la luna. Quizás el ambiente que lo rodeaba hiciera resaltar lo que en él había de asiático, pues la habitación era un caos de curiosidades caras, entre las que podían verse las atrevidas curvas y brillantes colores de innumerables armas orientales, pipas y cacharros, instrumentos musicales y manuscritos con dibujos, objetos todos de procedencia oriental. A medida que iba transcurriendo el tiempo, Boyle sentía más y más que la figura sentada sobre los almohadones, oscura al contraluz, era exactamente igual a una estatua gigantesca de Buda.

La conversación tomó un carácter bastante general, estaba presente toda la pequeña sociedad del lugar. La costumbre de pasar la tarde unos en casa de otros había llegado a generalizarse y, en esta época, constituía un pequeño club, compuesto, en su totalidad, por los habitantes de las cuatro o cinco casas que había alrededor del prado. La de Pilgrim Smart era la más antigua, grande y pintoresca; corrían sus muros por todo un lado de la plaza, dejando tan sólo el lugar suficiente para una pequeña villa que habitaba un coronel retirado llamado Varney, quien, al parecer, estaba imposibilitado y a quien, en verdad, no se veía salir nunca. Formando ángulo recto con ambas casas, se levantaban dos o tres tiendas que suministraban lo necesario para los habitantes del lugar y, frente a estas, quedaba la posada del "Dragón Azul", en la que vivía el forastero de Londres, Mr. Hartopp. En el lado opuesto había tres casas, una alquilada al conde Lara, otra al doctor Burdock y sin inquilinos la tercera. En el cuarto lado estaba el edificio del Banco, con su chalet adyacente para el director, y un solar cercado, aún por construir. Era este un conjunto que podía obrar con cierta independencia, y la extensión del terreno, relativamente desierto, que los rodeaba en sus considerables dimensiones, los hacía sentirse más y más unidos. Aquella tarde se había inmiscuido en el grupo un nuevo personaje; era un hombre de cara de halcón, con tres temibles flequillos rubios, dos por cejas y uno por bigote, y tan mal vestido que debía de ser un millonario o duque, si como se decía, tenía que hablar de negocios con el viejo coleccionista. En el "Dragón Azul" pasaba, no obstante, por Mr. Hamer.

Se le habían explicado las glorias de los peces de oro y las críticas que sufría Mr. Smart por su manera de custodiarlos.

—La gente me dice siempre que debería guardarlos con mayores precauciones —dijo Mr. Smart lanzando una mirada por encima de su hombro al empleado que estaba detrás de él con un pliego de papeles en las manos. Smart era un hombre de rostro redondo y cuerpo obeso, cuyo conjunto producía el efecto de un loro calvo–. Jamerson, Harris y todos los demás me instan a que ponga barras en las puertas de la casa, como si esto fuera una fortaleza medieval. Aunque yo creo, en realidad, que estos impedimentos son demasiado medievales para estorbar hoy día la entrada a nadie. Prefiero confiar en la Providencia y en la Policía local.

–No son siempre las mejores cerraduras las que impiden entrar a la gente –dijo el conde–; todo depende de quién sea el que pretende forzarlas. Había un antiguo ermitaño hindú que vivía desnudo en una cueva y que, pasando a través de los tres ejércitos que protegían al mogol, sustrajo el gran rubí del turbante del tirano para demostrar a los poderosos lo sumamente insignificantes que son las leyes del tiempo y del espacio.

–Si nos ponemos a estudiar las insignificantes leyes del tiempo y del espacio logramos, por lo general, saber cómo se realizan esos trucos –replicó el doctor con sequedad–. La ciencia occidental ha prestado mucha luz sobre la magia de Oriente. Sin duda, el hipnotismo y la sugestión pueden hacer mucho, por no citar ya los juegos de manos.

–El rubí no estaba en la tienda real –observó el conde con un gesto impreciso–, sino que se hallaba en una de las cien tiendas que la rodeaban.

–¿No podría explicarse por la telepatía? –preguntó el doctor con viveza.

La pregunta resultó contradictoria con el silencio profundo que la siguió: parecía que el ilustre viajero se hubiese reclinado a dormir sin prestar atención a los demás.

—Perdonen ustedes —dijo volviendo en sí con súbita sonrisa—. Olvidaba que estábamos hablando con palabras. En Oriente hablamos con pensamientos y así no sufrimos equívocos. Me admira el modo que tienen ustedes de cuidar las palabras y cómo éstas los satisfacen. ¿Qué más da, para la cosa en sí, llamarla telepatía o bobería, como lo llamó usted antes? Si un hombre sube hacia el cielo escalando una higuera de Bengala, ¿de qué manera quedará modificado el hecho si se dice que eso es levitación o que se trata de una mentira? Si una brisa medieval hubiese movido su varita y me hubiese convertido en un mandril azul me dirían que era atavismo.

El primer ademán del doctor fue el de afirmar que el cambio no había sido muy notable. Pero antes de que su irritación pudiese hallar salida, el hombre que se llamaba Hamer interrumpió malhumorado:

—Es realmente cierto que esos magos indios pueden llegar a hacer cosas curiosísimas, pero yo veo que, por lo general, sólo se hace en la India. Tal vez tengan muchos ayudantes o se deba a una psicología de la masa. Me parece que estas jugadas no se han efectuado jamás en un pueblo inglés y me atrevería a opinar que los peces dorados de nuestro amigo están a buen recaudo.

El conde Ivon tomó la palabra seguidamente:

—Les explicaré una cosa ocurrida, no en la India, sino en un cuartel inglés del barrio más moderno de El Cairo. Había un centinela en la parte interior de una verja de hierro montando guardia ante una puerta cerrada, también de hierro. De pronto, compareció ante la verja un hombre harapiento que parecía del país y que le habló en un inglés cuidadísimo, de un documento de sumo interés guardado allí, para mayor seguridad. El soldado contestó, como era natural, que el hombre no podía entrar, a lo que aquél replicó sonriendo: "¿Qué entiende usted por estar dentro o por estar fuera?". El soldado lo seguía mirando con menosprecio a través de los barrotes, cuando notó que, a pesar de no haberse movido ni él ni la puerta, él, el centinela, se hallaba en la calle mirando al patio, donde estaba el pordiosero sonriente e inmóvil. En cuanto este se volvió de espaldas y se dirigió hacia el edificio, el soldado dio un grito de alerta a los otros soldados para que detuviesen al pordiosero detrás del recinto. "Aunque haya entrado, no saldrá de aquí", exclamó vengativo. A lo que el pordiosero replicó con voz transparente: "¿Qué significa dentro y qué fuera?". Y el soldado, que continuaba mirando a través de los mismos barrotes, vio que volvían a ubicarse entre él y la calle, en la que se hallaba el pordiosero con un papel en la mano.

Mr. Imlack Smith, el director del Banco, que contemplaba el suelo con mirada perdida, dijo hablando por primera vez:

—¿Le sucedió algo al papel?

—Sus instintos profesionales no lo han engañado —repuso el conde con afabilidad—. Era un papel de considerable importancia financiera. Sus consecuencias fueron internacionales.

—Espero que no ocurran con frecuencia estas cosas —dijo el joven Hartopp, sombrío.

—No voy a meterme con el lado político de la cuestión —dijo el conde con serenidad—, sino con el filosófico. Esto nos enseña cómo el hombre sabio puede prescindir del tiempo y del espacio, de manera que el mundo dé vueltas ante sus ojos. Pero para ustedes es muy difícil llegar a comprender que las potencias espirituales son más fuertes que las materiales.

–Bien –dijo el viejo Smart con despreocupación–; yo no puedo ponerme como modelo de autoridad en las cosas espirituales. ¿Qué dice usted, padre Brown?

–El padre Brown es un filisteo –dijo Smith sonriendo.

–Tengo cierta afinidad con esa tribu –contestó–. Filisteo es aquel hombre que está en lo cierto, aun sin saber por qué.

–Todo esto es demasiado elevado para mí –dijo Hartopp con sinceridad.

–Tal vez –dijo el padre Brown, sonriendo– le gustaría a usted eso de hablar sin palabras, como se refirió el conde. Comenzaría a hablar de una manera intencionada y usted replicaría con una explosión de taciturnidad.

–Se podría intentar algo con la música –murmuró el conde, soñoliento–. Sería mejor que todas las palabras.

–Sí, tal vez me sería más fácil comprender eso –contestó el joven en voz baja.

Boyle seguía la conversación con interés porque algo había en el comportamiento de más de uno de los presentes que le pareció significativo e incluso extraño. No bien la conversación se desvió hacia la música, aludiendo al director del Banco, que era un aficionado de cierto mérito, el joven secretario se acordó de sus deberes y recordó a su dueño que el jefe de la oficina estaba impaciente con los papeles en la mano.

–¡Oh! No se preocupe por eso en estos momentos, Jamerson –dijo Smart algo confuso–. Es algo sobre mi cuenta. ¡Ah! Ya hablaré con el señor más tarde. Decía usted que el violonchelo...

Pero la práctica de los negocios había dispersado el hálito de la conversación trascendental, y los invitados comenzaron a despedirse. Únicamente permaneció Mr. Imlack Smith, director del Banco y músico, que entró, junto con Mr. Smart, en la habitación donde estaban los peces de oro.

La casa era larga y estrecha, con una galería cubierta alrededor del primer piso. Este estaba ocupado en su mayor parte por las habitaciones de su dueño: el dormitorio, el cuarto de vestir y una habitación interior en la que se almacenaban, algunas noches, sus tesoros más preciados. Esta galería, así como la puerta con los cerrojos descorridos, era otra de las preocupaciones del ama de llaves, del jefe de la oficina y de todos aquellos a quienes tenía admirados la despreocupación del coleccionista. La verdad es que este perspicaz vejestorio era más precavido de lo que daba a entender. No tenía gran confianza en los anticuados cerrojos de su casa, por lo que el ama de llaves se dolía viendo cómo enmohecían a causa de permanecer en desuso, y sí la tenía en la estrategia. Guardaba cada noche sus favoritos peces de oro en la habitación interior y él dormía frente a ella con un revólver debajo de la almohada. Boyle y Jamerson estaban aguardando a que su jefe volviera de la entrevista. Cuando lo vieron, llevaba en sus brazos la enorme bola de cristal con la misma reverencia que si se tratase de la reliquia de un santo.

En el exterior, los últimos rayos del sol poniente doraban aún dos ángulos de la pradera, pero en la casa fue necesario encender un candelabro y, en la confusión de las dos luces, el globo coloreado relucía como joya monstruosa, y las fantásticas siluetas de los fogosos peces parecían comunicarle el atractivo de un talismán. Por encima del hombro del viejo, el rostro aceitunado de Imlack Smith aparecía perplejo como el de una esfinge.

–Voy a marcharme a Londres esta noche, Mr. Boyle –dijo el viejo Smart con mayor gravedad que de costumbre–. Mr. Smith y yo vamos a tomar el tren de las siete menos cuarto. Preferiría que usted, Jamerson, se quedara a dormir en mi habitación esta noche. Ponga usted esto en la habitación interior, como siempre, y estará completamente seguro. Piensen que nada puede suceder.

–Por todas partes y en todo momento puede pasar algo –dijo sonriente Smith–. Yo creo que, por lo general, pone usted un revólver en la cama. Quizá fuera mejor que lo dejara en casa esta vez.

Pilgrim Smart lo dejó sin respuesta y salieron ambos de la casa hacia la avenida que circundaba el prado.

El secretario y el jefe de la oficina durmieron aquella noche en la habitación de Mr. Smart. Para decirlo con mayor precisión, Jamerson, el jefe de la oficina, durmió en una cama en el cuarto de vestir, pero la puerta quedó abierta y las dos habitaciones resultaban prácticamente una sola. El dormitorio tenía un balcón que daba a la galería y una puerta que comunicaba con la habitación interior, donde guardaron los peces para mayor seguridad. Boyle hizo rodar su cama hasta colocarla ante aquella puerta, puso el revólver debajo de su almohada y se desvistió para acostarse, consciente de que había tomado todas las precauciones posibles contra un acontecimiento improbable e imposible. No alcanzaba a imaginar por qué razón iba a tener lugar un robo en la forma acostumbrada; y en relación con los procedimientos espirituales del conde de Lara, si llegó a pensar en ellos, no fue sino cuando estaba ya para dormirse, pues su contenido era propio de un ensueño. Y quedó dormido, soñando a intervalos. El viejo jefe de oficina estaba algo más inquieto, como de costumbre, y después de dar algunas vueltas por la habitación y de repetir algunas de sus máximas y lamentaciones usuales, se acostó en la cama e intentó dormirse. El resplandor de la luna se intensificó y volvió a amortiguarse sobre el prado verde y los bloques de piedra gris de las casas, en una soledad y silencio que parecían no tener ningún testimonio humano; y fue cuando los rayos de la aurora irrumpieron en el cielo cuando sucedió.

Boyle, por ser joven, era de los dos, indudablemente, el que disfrutaba de mejor salud y sueño. A pesar de ser diligente, una vez despierto tenía que hacer un esfuerzo antes de poder pensar. Además, tenía sueños de esos que se empeñan en aferrarse a la mente humana como si fueran unos pulpos. Soñaba un conjunto confuso de cosas, incluyendo la imagen que viera al acostarse, de las cuatro calles grisáceas y el prado verde. Pero la disposición de ellas cambiaba y se tornaba imprecisa, dando vueltas de una manera mareadora al compás de un ruido sordo, parecido al de un molino, ruido que hacía pensar en un río subterráneo, aunque tal vez no fuera otra cosa que los ronquidos del viejo Jamerson en el cuarto de vestir. En la mente del soñador todos los murmullos y pensamientos se ligaban a las palabras del conde de Lara, cuando decía que una inteligencia privilegiada podía gobernar el sentido del tiempo y del espacio y alterar el mundo. La impresión que producía en el sueño era la de una verdadera máquina subterránea que presentaba nuevos panoramas, haciendo que las partes más remotas del mundo apareciesen en el jardín de un hombre, o bien que fuera este mismo jardín el que quedara desterrado al otro lado del mar.

Las primeras impresiones cabales que tuvo fueron las palabras de una canción acompañadas de un sonido metálico; la cantaban con un acento extranjero y la voz, sin embargo, parecía familiar, aunque un poco extraña. No llegaba a convencerse de que no fuera él el que estuviera componiendo versos en su sueño.

Atravesando tierras y mares
los peces voladores volverán a mí.
Pues la nota no es del mundo que los despierta,
sino es…

Logró ponerse en pie y vio que su compañero de guardia estaba ya fuera de la cama. Jamerson miraba por la gran ventana hacia el balcón y llamaba a alguien que estaba en la calle.

–¿Qué? –gritaba–. ¿Qué quiere usted?

Se volvió agitado hacia Boyle y dijo:

–Hay alguien que se está paseando por ahí fuera. Ya sabía yo que no estaba seguro esto. Voy a cerrar esa puerta, dígase lo que se quiera.

Corrió hacia abajo rápidamente y Boyle pudo oír el ruido del correr de las trabas; pero Boyle no se contentó con ello, sino que salió al balcón y miró hacia la larga avenida gris que conducía a la casa, imaginándose que soñaba aún.

En la avenida que cruzaba el prado solitario y el pequeño poblado, apareció una figura que podía haber salido de la selva virgen o de una feria; un personaje de uno de los cuentos fantásticos del conde, o de *Las mil y una noches*. La luz un tanto espectral que comienza a dibujarlo todo y, al mismo tiempo, a quitar color a todo. Cuando la luz en Oriente ha dejado de ser localizada, comenzó a levantarse un velo de gasa gris y destacó una figura envuelta en una vestimenta inusitada. Un chal de color azul de mar, rarísimo, grande y voluminoso, se arrollaba alrededor de su cabeza como un turbante y luego bajaba hasta el cuello produciendo el efecto de una capucha; por lo que al rostro se refería, hacía las veces de una máscara, pues el pedazo de tela que colgaba de la cabeza quedaba cerrado como un velo. Tenía la cabeza doblada sobre un instrumento musical hecho de plata o de acero, al que se había imprimido la forma de un violín deforme o torcido. Lo tocaba con algo parecido a un peine de metal y las notas que se oían eran particularmente penetrantes y agudas. Antes de que Boyle pudiera abrir la boca, el mismo acento enajenador salió de debajo del turbante, profiriendo palabras cantadas a tono unísono.

Así como los pájaros de oro vuelven al árbol
mis peces dorados vuelven a mí.
Vuelven...

—No tiene usted ningún negocio aquí —exclamó Boyle exasperado, sin saber lo que decía.

—Tengo derecho sobre los peces de oro —dijo el extranjero, hablando como si fuera el rey Salomón más que un beduino descalzo con un raído capote azul—. Y ellos vendrán conmigo. ¡Venid!

Se produjo una cascada de sonido que parecía inundar la mente, a la que siguió otro sonido más débil, como una respuesta, un siseo. Venía de la habitación interior, donde se hallaban los peces de oro en su prisión de cristal.

Boyle volvió el rostro hacia dicho aposento y, al hacerlo, el siseo se convirtió en un prolongado tintineo parecido al de un timbre eléctrico y, finalmente, en un crujido suave. No habían pasado sino unos pocos segundos desde que Jamerson retara al hombre de la calle desde el balcón; volvía a encontrarse otra vez allí jadeando un poco, era ya un hombre entrado en años.

—He cerrado la puerta ahora, por si acaso —dijo.

—La puerta del establo —dijo Boyle desde la habitación del fondo.

Jamerson lo siguió y vio que estaba mirando al suelo. Éste se hallaba cubierto por una gran cantidad de cristales, como los pedazos curvos de un hermoso arco iris.

—¿Qué quiere usted decir con la puerta del establo? —comenzó a decir Jamerson.

—Quiero decir que el caballo ha sido robado —contestó Boyle—. Los caballos voladores. Los peces voladores a quien nuestro amigo árabe acaba de silbar haciéndolos obedecer como si fueran perritos del circo.

—Pero, ¿cómo pudo? —preguntó el viejo dependiente, como si esas cosas no fueran lo bastante decentes para hablar de ellas.

—Bueno, no sé, pero ya no están —dijo Boyle con sequedad—. El recipiente de cristal está aquí hecho añicos. Costaba abrirlo, pero en un segundo ha sido hecho pedazos. Los peces han desaparecido. Dios sabe cómo. Me gustaría preguntárselo a nuestro amigo.

—Estamos perdiendo el tiempo, deberíamos ir tras él —añadió el desconcertado Jamerson.

—Mejor será que telefoneemos a la Policía. Deberían localizarlo en un momento con sus teléfonos y coches, que van mucho más aprisa de lo que lo haríamos nosotros corriendo por el pueblo en pijama. Pero quizá se trate de algo que ni los coches ni los cables puedan alcanzar...

Mientras Jamerson hablaba por teléfono con la Policía, Boyle salió de nuevo al balcón y consideró con mirada atenta el rosado panorama del alba. No había ninguna señal del hombre del turbante azul y no se percibía otro signo de vida que aquel que un experto hubiese adivinado como proviniendo del "Dragón Azul". No obstante, en el alma de Boyle tomó cuerpo una idea que hasta entonces sólo había percibido inconscientemente. Era como una realidad pugnando por alcanzar su nivel apropiado en su distraída mente. No era otra cosa que el panorama mortecino, que no había sido nunca de un único tono; había un puntito dorado entre las vetas pálidas del cielo, una lámpara encendida en una de las casas, al otro lado del prado. Algo, tal vez puramente físico, le dijo que aquella luz había estado ardiendo durante toda la noche y que ahora empalidecía con la primera claridad diurna. Contó las casas y el resultado pareció corresponder a algo que ya había formulado previamente, sin saber exactamente lo que era. Según todas las conjeturas, se trataba de la casa del conde Yvon de Lara.

El inspector Pinner acababa de llegar con varios policías y había hecho varias cosas con aire rápido y resuelto, estaba dominado por la impresión de que, dada la trascendencia de los valiosos objetos, iba a dedicársele a su labor mucho espacio en los periódicos. Lo examinó todo, tomó las medidas de todo, así como las huellas digitales de todo el mundo, hizo que todos se mantuvieran erguidos y, al final, se encontró cara a cara con un hecho al que no podía dar crédito. Un árabe había salido por la alameda del pueblo, deteniéndose ante la casa de Mr. Pilgrim Smart, donde había un recipiente de cristal que encerraba varios peces de oro, que estaba metido en una habitación interior; entonces el árabe cantó una canción o recitó un poema y el recipiente explotó como si fuera una burbuja de jabón y los peces se evaporaron.

No sirvió para calmar al inspector el hecho de que un conde extranjero le dijese con voz blanda y melosa que los límites de la experiencia iban ensanchándose.

Realmente, la actitud de cada uno de los miembros del pequeño grupo fue bien característica. Pilgrim Smart regresó de Londres a la mañana siguiente al tener noticia de la pérdida. Se sintió sorprendido, como es natural, pero sus reacciones eran siempre vivas y decididas y su manera de actuar sugería la del gorrión, demostrando mayor vivacidad en la resolución del problema que depresión por la pérdida. Al hombre llamado Hamer, que había venido al pueblo con la intención de comprar los peces dorados, podía perdonársele el que se mostrara un poco quisquilloso al saber que ya no podía adquirirlos. Su bigote y cejas agresivos parecían brillar por retener el conocimiento de algo más palpable que el desengaño, y los ojos con que vigilaba a los reunidos relucían atentamente, casi podía haberse dicho suspicazmente. El rostro enjuto del director del Banco daba la impresión de usar sus ojos como si fueran de brillantes y movedizos magnetos. De las dos figuras restantes de la original reunión, el padre Brown permanecía silencioso si no se le dirigía la palabra, y el joven Hartopp hacía lo propio, a veces, cuando se le preguntaba algo. El conde no era hombre para dejar pasar sin comentario cosa alguna que pudiera servir para reforzar sus puntos de vista. Sonreía ante el racionalismo de su rival, el médico, con la sonrisa del que sabe continuar siendo amable.

–Tendrá que admitir por lo menos, doctor –dijo–, que algunas de las historias que ayer le parecían inverosímiles, han tomado hoy visos de mayor probabilidad. Cuando un hombre vestido de harapos, como el que ayer describí, pueda, con solo pronunciar una palabra, romper un recipiente encerrado dentro de cuatro paredes, entonces empezaré a considerarlo como ejemplo de lo que dije sobre el poder espiritual y las barreras materiales.

–Y también podría tomarse como ejemplo para ilustrar lo que yo dije –replicó el doctor con cierto entusiasmo–. Basta un pequeño conocimiento científico para saber cómo se hacen estas jugarretas.

–¿Lo cree usted así, doctor? –preguntó Smart un poco excitado–. ¿Usted nos podría dar un poco de luz científica sobre este misterio?

–Puedo poner en claro lo que el conde da en llamar misterio –repuso aquel–, pues no es ningún misterio. Esa parte es bastante clara. Un sonido no es más que una onda vibratoria, y ciertas vibraciones pueden romper el cristal, si el sonido es de cierta clase y el cristal también. El hombre no se quedó en la calle pensando, según el método ideal que, según nos dice el conde, emplean los orientales cuando quieren hacer una pequeña argucia. Éste cantó lo que quiso y sacó de su instrumento una nota aguda. No era otra cosa que un experimento más para ilustrar que un vidrio de cierta composición se ha roto por medio de un sonido.

—Sí, sí, un experimento según el cual ciertos pedazos de oro macizo han dejado de existir súbitamente.

—Aquí viene el inspector Pinner —dijo Boyle—. Me parece que consideraría la explicación científica del doctor con los mismos ojos que lo sobrenatural del conde. Posee una inteligencia muy escéptica y, especialmente, por cuanto a mí se refiere: me parece que sospecha de mí.

—Me parece que se sospecha de todos nosotros —dijo el conde.

Movido por la sospecha que sentía pesar sobre sí, fue en busca del consejo personal del padre Brown. Unas horas más tarde, paseaban los dos por el prado del pueblo y el padre Brown, que hasta entonces había estado mirando ceñudamente al suelo mientras escuchaba, se detuvo.

—¿Ve usted aquello? —preguntó—. Alguien ha lavado la acera frente a la casa del coronel Varney. ¿Quién sabe si fue ayer?

El padre Brown continuó mirando con detenimiento la casa, que era alta y estrecha, y en cuyas ventanas había hileras de toldos a rayas, un poco descoloridas ya. Lo que se percibía del interior de la casa, a través de las rayas de una abertura, parecía más oscuro en tanto contrastaba con la parte exterior, dorada por la luz del sol poniente.

—No lo he visto siquiera. No creo que nadie lo haya visto —contestó Boyle— a excepción del doctor Burdock, y me parece que el doctor le hace sólo las visitas indispensables.

—Bueno, voy a verlo unos minutos —dijo el padre.

La gran puerta de entrada se abrió y se tragó al pequeño sacerdote, y su amigo se quedó en una actitud irracional y atónita, como si dudara de que volviera a abrirse. Sin embargo, se abrió efectivamente al cabo de pocos minutos, el padre Brown emergió, sonriendo aún, y continuó su marcha reposada y trabajosa alrededor del prado. Algunas veces parecía que hubiese olvidado el asunto que traía entre manos, hacía observaciones de carácter histórico o social, o de los progresos que se producían en el barrio. Su mirada, contemplando la casa, se posó en la tierra acumulada con el objetivo de dar inicio a una nueva calle, cerca del Banco, y miró hacia el pueblo con una vaga impresión.

–Tierra comunal. Me figuro que la gente traería siempre a pastar sus gansos y cerditos aquí, si tuviesen algunos de esos animales; sin embargo, me parece que ahora no sirven para otra cosa que para criar cerdos y ortigas. ¡Qué lástima que lo que debía de haber sido un gran pasto se haya convertido en un asqueroso yermo! Precisamente ésta es la casa del doctor Burdock, ¿verdad?

–Sí –contestó Boyle, casi abrumado por aquel inesperado párrafo.

–Muy bien –contestó el padre Brown–; así es que me parece que volveré a meterme en casa.

Abrieron la puerta de la casa de Smart y, mientras subían por las escaleras, Boyle repitió a su acompañante muchos de los detalles del suceso, ocurrido al salir el sol.

–¿No volvería a dormirse, supongo, dando tiempo a que alguien escalara el balcón mientras Jamerson aseguraba la puerta?

–No –dijo Boyle–, estoy seguro de ello. Me desperté al oír a Jamerson llamar al individuo desde el balcón; luego lo oí bajar las escaleras y colocar las trabas y, en menos tiempo del que se necesita para dar dos pasos, me hallaba ya en el balcón.

–¿No podía haber entrado por otro lado? ¿No hay otra entrada, salvo la de la puerta delantera?

–En apariencia, no –respondió Boyle con gravedad.

–Mejor sería asegurarse de ello, ¿no cree? –dijo el padre Brown con amabilidad, dirigiéndose de nuevo hacia abajo. Boyle se quedó mirando hacia donde había desaparecido con una expresión indefinida en el rostro.

Luego de un lapso relativamente corto, el rostro redondo y un poco ordinario del sacerdote volvió a surgir de nuevo por la escalera, con una sonrisa vaga en el rostro.

–No. Me parece que con esto queda clara la cuestión de las entradas –dijo ahora alegremente–. Y me parece que habiéndolo puesto ya todo en claro, por decirlo así, podemos comenzar a atar cabos con lo que tenemos. Es un asunto bastante curioso.

–¿Cree usted –preguntó Boyle– que el conde, el coronel o alguno de esos viajeros de Oriente tiene algo que ver con esto? ¿Cree usted que fue... sobrenatural?

–Voy a adelantarle esto –dijo el sacerdote con gravedad–. Si fue el conde, el coronel o alguno de los otros vecinos los que vinieron aquí disfrazados de árabe al amparo de la oscuridad entonces sí que fue algo sobrenatural.

–¿Qué quiere usted decir? ¿Por qué, entonces?

–Porque el árabe no dejó huellas –replicó el padre Brown–. Los que están más cerca son el coronel por un lado, y el banquero por el otro. Entre ustedes y el Banco media la arena roja en la que hubieran quedado las marcas de los pies y se hubiera adherido a sus plantas, dejando huellas de aquel color. Me aventuré contra el genio explosivo del coronel para verificar si habían lavado la acera hoy o ayer; estaba lo bastante húmeda para haber mojado los pies del que pasara, dejando luego la impresión de los mismos por la calle. Ahora bien, si el visitante hubiese sido el conde o el doctor –ambos viven en las casas de enfrente–, podían haber venido por el prado; pero los hubieran encontrado muy incómodos yendo descalzos, como ya le he dicho está lleno de ortigas, espinas y cardos. Tal vez se hubieran pinchado y alguna señal de su paso habría quedado. A no ser que fuera, como usted dice, un ser sobrenatural.

Boyle se quedó mirando con fijeza el rostro grave e indescifrable de su amigo.

–¿Quiere usted decir que lo era? –preguntó por fin.

–No hay que olvidar una verdad de tipo general –dijo el padre Brown luego de una pausa–. A veces, una cosa está demasiado cerca para que la veamos, así un hombre no puede verse a sí mismo. Una vez hubo un hombre que tenía una mosca en el ojo; se puso a mirar por el telescopio y vio que había un dragón increíble en la luna. Y también me han dicho que si un hombre escucha la reproducción exacta de su voz no le parece la suya propia. De la misma manera, si algo de lo que nos rodea en nuestra vida cotidiana no cambia de sitio, casi no nos anoticiaron de ello, y si se colocara en un lugar imprevisto, llegaríamos a creer que vien de un lugar desconocido. Salga usted un momento conmigo. Quiero que lo mire desde otro punto de vista.

Diciendo estas palabras se levantó y bajaron las escaleras sin dejar de hablar. El cura continuó sus observaciones de una manera entrecortada, como si estuviera pensando en voz alta.

–El conde y el ambiente asiático tienen que ver con el caso, porque todo depende de la preparación de la mente. Un hombre puede llegar al punto de creer, hallándose en ese estado, que un ladrillo, cayendo de lo alto, es un ladrillo babilónico con inscripciones cuneiformes y que se ha desprendido de los jardines colgantes de Babilonia, y llegará hasta el punto de no ver que el ladrillo es uno de su propia casa. Ése es su caso...

—¿Qué significa esto? —exclamó Boyle mirando fijamente hacia la entrada y señalando la puerta—. ¿Qué maravilla es ésa? La puerta vuelve a estar cerrada.

Estaba mirando la puerta por la cual no hacía más que unos minutos que acababan de entrar y que se hallaba cruzada por las enmohecidas barras de hierro con las que él había dicho que "habían atrancado la puerta del establo demasiado tarde". Había algo sorprendente y calladamente irónico en esas antiguas cerraduras que se cerraban tras ellos como si obedecieran a impulso propio.

—¡Ah, eso! —dijo el padre Brown casualmente—. Yo mismo acabo de correrlas. ¿No me oyó usted?

—No, no oí nada.

—Pues casi me imaginé que así sería —dijo el otro sin inmutarse—. No hay ninguna razón por la cual deba oírse desde arriba cómo se corren las barras. Una especie de gancho se mete con facilidad dentro de esta especie de agujero. Si uno está cerca oye un pequeño "clic" y eso es todo. Lo único que se podría oír desde arriba es esto.

Y la barra, sacándola de la ranura, la dejó caer al lado de la puerta.

—Realmente se oye algo si se abre la puerta —continuó el padre Brown—, incluso si se hace con cuidado.

—No querrá decir...

—Quiero decir —dijo el padre Brown— que lo que usted oyó arriba fue a Jamerson descorriendo las barras y cerrojos en lugar de atrancarlos. Abramos ahora la puerta y salgamos fuera.

Una vez en la calle y debajo del balcón, el sacerdote reanudó sus explicaciones con la misma precisión que si se tratase de una lección de química.

—Estaba diciendo —replicó— que un hombre puede hallarse en tal estado de ánimo que busque algo muy lejano, y no vea que es algo igual a una cosa que tiene muy cerca de sí, y tal vez muy parecido a él mismo. Fue algo exótico y extraño lo que usted vio en la calle, mirando desde el balcón. Supongo que no se le ha ocurrido pensar en lo que el beduino vio cuando miró hacia el balcón.

Boyle miró silenciosamente hacia el sitio indicado.

—Usted creyó que era algo muy maravilloso y exótico que una persona anduviera por la civilizada Inglaterra descalza. Usted no se acordaba que iba así.

Boyle halló palabras para salir de su asombro y repitió palabras ya dichas anteriormente.

—Jamerson abrió la puerta —dijo mecánicamente.

—Sí —corroboró su amigo—. Jamerson abrió la puerta y salió a la calle con su ropa de dormir, igual que salió usted al balcón. En su camino tomó dos cosas que usted había visto cientos de veces, un trozo de cortina que arrolló alrededor de su cabeza y un instrumento oriental de música que estaba usted cansado de ver. Lo restante fue obra del ambiente y de su actuación, realmente buena, como refinado artista del crimen.

—Jamerson, ese insípido molesto que ni siquiera tomé en consideración —exclamó Boyle, incrédulo.

—Precisamente —dijo el sacerdote—, precisamente por eso era un artista. Si podía hacer de brujo o trovador durante seis minutos, ¿no cree usted que haría de empleado durante varias semanas?

—No veo su interés —dijo Boyle.

—Ya había alcanzado el objeto de su interés —contestó el padre Brown— o lo había casi alcanzado. Ya había robado los peces, como podía haberlo hecho veinte veces antes. Pero creando la figura de un mago del otro lado del mundo, consiguió que la imaginación de todos vagara desde la India a la Arabia hasta parecerle a usted que todo lo ocurrido era demasiado palpable para no ser cierto.

—Si eso es verdad —dijo Boyle—, corrió un peligro terrible y tuvo que arriesgarse mucho. Verdad es que yo no oí jamás la voz del hombre a quien Jamerson llamaba desde el balcón, por lo que me imagino que todo fue un engaño. Y supongo que es verdad que tuvo tiempo de salir antes de que yo me hubiese despertado del todo y que saliese al balcón.

—Todo crimen depende de que alguien no caiga en la cuenta o no se despierte lo bastante pronto —replicó el padre Brown—. Yo mismo me he despertado demasiado tarde, me imagino que habrá marchado minutos antes o minutos después de que tomasen las huellas digitales.

—De todas maneras ha caído en la cuenta antes que nadie —dijo Boyle— y yo no habría despertado nunca en este sentido. Jamerson era tan correcto y pasaba tan inadvertido, que me olvidé de él.

—¡Ah! Cuidado con el hombre que dejas olvidado —contestó el padre Brown—. Es el que te tiene a su entera merced. Pero yo no había sospechado de él hasta que me explicó usted que le había oído cerrar la puerta.

—Bien, mas todo se lo debemos a usted —dijo Boyle con efusión.

—No, se lo deben a la señora Robinson —replicó el padre Brown, sonriendo.

—¿La señora Robinson? —preguntó el sorprendido secretario—. ¿El ama de llaves de Mr. Smart?

—Se ha de tener mucho cuidado con la mujer y no olvidarla —dijo el sacerdote—. Este hombre era un criminal de primera clase; había sido un actor buenísimo y un buen psicólogo. Un hombre como el conde no escucha otras palabras que las propias; pero este hombre sabía escuchar, cuando todos se habían olvidado de que estaba allí, y supo recoger los elementos necesarios para su ardid y para lanzarlos fuera del camino de la verdad. Sólo sufrió una equivocación grave y fue en la psicología de la señora Robinson, el ama de llaves.

—No comprendo qué papel ha jugado ella en todo esto —manifestó Boyle.

—Jamerson no esperaba que las puertas estuvieran cerradas —dijo el padre Brown—: Sabía que muchos hombres, especialmente hombres descuidados como usted y su patrón, pueden ir diciendo, durante días y más días, que hay que hacer tal o cual cosa sin hacerla nunca. Pero si se dice delante de una mujer que se debiera hacer algo, siempre se corre el peligro de que lo haga inmediatamente.

La ráfaga del libro

El profesor Openshaw perdía siempre la calma con un fuerte puñetazo dado sobre cualquier parte, si alguien lo llamaba espiritista o creyente en espiritismo. Pero esto, sin embargo, no agotaba sus explosivas facultades; porque también perdía la calma si alguien lo llamaba incrédulo en espiritismo. Tenía el orgullo de haber dedicado toda su vida a la investigación de los fenómenos físicos. También se enorgullecía de no haber dado nunca a entender que fueran realmente físicos o meramente fenoménicos. No había nada que lo complaciese más que sentarse en un círculo de devotos espiritistas y hacer minuciosas descripciones de cómo él había puesto en evidencia médium tras médium y fraude tras fraude. Porque, realmente, era un hombre de talento detectivesco y claridad de ideas una vez que había fijado su vista en un objeto, y siempre la había fijado en un médium como en un objeto altamente sospechoso. Existía una historia de cómo él había reconocido a un mismo charlatán espiritista bajo tres disfraces distintos: con vestido de mujer, con barba blanca de anciano y como un brahmán de brillante color de chocolate. Estos relatos dejaban a los verdaderos creyentes más bien sin reposo, cuando en realidad era lo que intentaban alcanzar. Pero apenas podían quejarse, ya que los espiritistas no niegan la existencia de médiums fraudulentos; sólo que las desbordantes narraciones del profesor parecían indicar que todos los médiums eran fraudulentos.

El profesor Openshaw, de figura flaca, pálida y leonada cabellera e hipnóticos ojos azules, permaneció intercambiando algunas palabras con su amigo el padre Brown en la escalera del hotel, donde habían desayunado después de haber dormido aquella noche. El profesor había regresado algo tarde de uno de sus grandes experimentos, con la consabida exasperación general. Y permanecía agitado aún por la lucha que sostenía solo contra ambos bandos.

–¡Oh! Usted no cuenta –dijo, riendo–. No creo en ello ni cuando es verdad. Pero todas esas gentes están preguntándome perpetuamente qué es lo que estoy tratando de probar. Parecen no comprender que yo soy un hombre de ciencia. Un hombre de ciencia no está tratando de probar nada; trata de descubrir lo que se pruebe por sí mismo.

–Pero no lo ha descubierto todavía –dijo el padre Brown.

–Bien; yo tengo mis propias ideas, que no son tan completamente negativas como la mayoría de la *gentes* creen –contestó el profesor después de un instante de ceñudo silencio–. Sea como fuere, he empezado a maliciar que, si hay algo que descubrir, ellos lo buscan por un camino equivocado. Todo es demasiado teatral, exhibiendo el brillante ectoplasma con trompetas, voces y todo lo demás. Todo ello según el modelo de los viejos melodramas y cenagosas novelas históricas acerca de la Familia de los Espíritus. Si se hubieran dirigido a la historia en lugar de a las novelas históricas, empiezo a creer que hubieran encontrado algo. Pero no apariciones, desde luego.

–Después de todo –dijo el padre Brown–, apariciones son sólo apariencias. Supongo que ha dicho usted que la Familia de los Espíritus está adelantándonos sólo apariencias.

La mirada del profesor, que tenía comúnmente un carácter fino y abstracto, se fijó, concentrándose como si tuviera ante sí un médium dudoso. Tenía un poco el aire de un hombre atornillando a una fuerte lente amplificadora ante sus ojos. No es que pensara que el sacerdote era un médium dudoso. Pero es que estaba alerta ante el pensamiento de su amigo, que parecía seguir tan de cerca al suyo.

–Apariencias –murmuró, sinuoso–, pero es extraordinario que usted lo haya dicho justamente ahora. Cuanto más aprendo, más me doy cuenta de que pierden el tiempo yendo detrás de las apariencias. Ahora bien, si ellos se fijaran un poco en lo contrario…

–Sí –dijo el padre Brown–, después de todo, los verdaderos cuentos de hadas, ¿qué eran sino leyendas acerca de las apariciones de famosas hadas? Llamando a Titania o mostrando a Oberón a la luz de la luna. Pero no tenían final de leyendas, de gentes desaparecidas. Porque eran secuestradas por hadas. ¿Está usted siguiendo la pista de Kilmeny o de Tomás el Rimador?

–Estoy tras la pista de vulgares gentes modernas, de las que usted ha leído en los periódicos –contestó

Openshaw–. Puede mirarme con asombro, pero éste es mi juego ahora. Y he estado detrás de él largo tiempo. Francamente, creo que un gran número de apariencias físicas pueden ser explicadas ya del todo. Son las desapariciones lo que no puedo explicar, a menos que sean físicas. Esas gentes citadas en los periódicos que desaparecen y nunca son encontradas... Si usted conociera los detalles como yo... Esta misma mañana tuve la confirmación. Una carta extraordinaria de un viejo misionero, un respetable anciano. Ahora va a venir a verme a mi despacho. Tal vez cuando comamos juntos le cuente el resultado confidencialmente.

–Gracias, con mucho gusto. A menos que las hadas me hayan secuestrado para entonces.

Con esto se separaron y Openshaw dobló la esquina hacia la pequeña oficina que tenía alquilada en la vecindad, principalmente para la publicación de un pequeño periódico de noticias físicas y psíquicas, de la más escueta y más agnóstica clase. Tenía un solo empleado, que se sentaba en el pupitre del despacho anterior, amontonando figuras y hechos para los propósitos de la relación impresa. El profesor se detuvo un momento para preguntar si Mr. Pringle había llegado. El empleado contestó mecánicamente que no y continuó ordenando grabados. Y el profesor siguió hacia el cuarto interior, que era el estudio.

–¡Oh! A propósito, Berridge –dijo sin volverse–, si Mr. Pringle viene, mándemelo enseguida. No es necesario que deje su trabajo. Desearía que esas notas estuvieran listas para esta noche, si es posible. Puede dejarlas en mi mesa, por la mañana, si me retraso.

Se fue a su despacho particular, pensando en el problema que Pringle había suscitado o que quizás había ratificado y confirmado en su inteligencia. Aun el más perfectamente equilibrado de los agnósticos es parcialmente humano y es muy posible que la carta del misionero tuviera el mayor valor, con la esperanza de ser el soporte de su particular tentativa de hipótesis. Se sentó en su ancho y cómodo sillón, frente a un grabado que representaba a Montaigne, y leyó una vez más la breve carta del reverendo Luke Pringle, anunciando su visita para aquella mañana. Nadie conocía mejor que el profesor Openshaw las señales de la carta de un trastornado: los detalles amontonados, el manuscrito como una tela de araña, la innecesaria extensión y las repeticiones. No había nada de esto en aquella carta. Sólo, sí, una breve y adecuada escritura a máquina mostrando que el escribiente había encontrado algunos casos oscuros de desapariciones, las cuales parecían caer dentro de la jurisdicción del profesor, como estudioso de problemas físicos. El profesor se sentía favorablemente impresionado. Ni una sola impresión desagradable, a pesar del ligero movimiento de sorpresa, cuando levantó la vista y vio que el reverendo Luke Pringle estaba ya en la habitación.

—Su empleado me dijo que podía entrar sin anunciarme —dijo Mr. Pringle, como excusándose, pero con una ancha y casi agradable mueca, que quedaba parcialmente enmascarada por masas de barba y bigotes de un gris rojizo. Una perfecta selva de barba, como les crecen, a veces, a los hombres blancos que viven en las selvas. Pero los ojos, por encima de su chata nariz, no eran de ningún modo salvajes o rústicos. Openshaw había vuelto instantáneamente hacia ellos aquella concentrada partícula de luz o cristal ardiente cargado de escrutador escepticismo que solía dirigir contra muchos hombres, para ver si se tratada de charlatanes o de un maniático. Y en este caso tuvo una inusitada sensación de seguridad. La barba salvaje podía proceder de una excentricidad, pero los ojos contradecían completamente la barba; estaban colmados de esa franca y amistosa risa que nunca se encuentra en los semblantes de los que son unos farsantes serios o unos serios lunáticos. Esperaba a un hombre con ojos de filisteo, de escéptico, de persona que se expresara sin recato, con un desprecio trivial, aunque sincero, hacia los fantasmas y los espíritus. Pero, desde luego, ningún embaucador no profesional podía lograr un aspecto tan trivial como aquel. El hombre llevaba una capa raída, abotonada hasta el cuello, y sólo su ancho sombrero flexible delataba al clérigo.

Pero los misioneros procedentes de tierras salvajes no siempre se preocupan de vestir como clérigos.

—Probablemente piensa usted que todo esto es un engaño —dijo Mr. Pringle, con una especie de complacencia abstracta— y espero sepa perdonarme por mi risa ante su, después de todo, natural aire de desaprobación. Pero lo mismo da; necesito explicar la historia a alguien que la comprenda, puesto que es verdad. Y, bromas aparte, es tan trágica como verdadera. Bien, resumiendo, yo era misionero en Nya-Nya, una estación de África occidental, en el seno de los bosques, donde el único blanco aparte de mí era el oficial que gobernaba el distrito, el capitán Wales. Él y yo intimamos. No es que a él le gustaran las misiones. Era uno de esos hombres de acción que apenas tienen necesidad de pensar. Esto es lo que lo hacía más singular. Un día volvió a su tienda del bosque, después de una corta ausencia, y contó que había pasado por una extraña experiencia que no sabía cómo resolver. Y mostraba un libro rústico y viejo, encuadernado en cuero, que dejó sobre la mesa, al lado de su revólver y de una vieja espada árabe que probablemente guardaba como una curiosidad. Dijo que aquel libro pertenecía a un hombre del barco que acababa de dejar. El hombre juraba y perjuraba que nadie debía abrir el libro o mirar en él, porque sería arrebatado por el diablo, o desaparecería, o algo así. Wales contestó que todo aquello era un desatino y, naturalmente, discutieron. Pero parece que al final el otro, tildado de cobarde o de supersticioso, miró dentro del libro e instantáneamente lo soltó. Se dirigió hacia la borda…

—Un momento —dijo el profesor, que había tomado una o dos notas—. Antes de seguir adelante contésteme a esto: ¿aquel hombre dijo a Wales dónde había encontrado el libro o a quién había pertenecido originariamente?

—Sí —replicó Pringle, con entera gravedad—. Parece que dijo que se lo llevaba al doctor Hankey, explorador oriental, en aquellos días en Inglaterra, a quien primeramente había pertenecido el libro y quien le advirtió sus extrañas propiedades. Bien: Hankey es un hombre capaz, y más bien áspero y burlón, lo cual hace más extraño el caso. Pero el final de la historia de Wales es muy sencillo. Aquel hombre que había mirado en el libro desapareció por encima del costado del barco y no se lo ha vuelto a ver más.

—¿Usted lo cree? —preguntó Openshaw después de una pausa.

—Sí, lo creo —replicó Pringle—. Lo creo por dos razones. Primera, porque Wales era enteramente un hombre sin imaginación. Y añadió un detalle que sólo un imaginativo podía añadir. Dijo que el hombre había salido por encima del costado del barco en un día quieto y en calma. Pero que no se habían levantado salpicaduras.

El profesor miró sus notas en silencio durante algunos segundos. Y entonces dijo:

—¿Y su otra razón?

—Mi otra razón —contestó el reverendo Luke Pringle— es que yo lo vi con mis propios ojos.

Hubo un silencio hasta que el reverendo continuó hablando de la misma manera realista que había empleado hasta entonces. Tuviera lo que tuviese, desde luego, carecía de la vehemencia con la que el trastornado, y aun el incrédulo, tratan de convencer a los demás.

—Le expliqué ya que Wales había dejado el libro sobre la mesa, al lado de la espada. La tienda tenía una entrada solamente. Y sucedió estando yo en ella y en el momento en que, vuelto de espaldas a mi compañero, miraba al exterior. Él estaba junto a la mesa regañando y murmurando acerca de lo sucedido, diciendo que era una tontería en pleno siglo XX asustarse de abrir un libro y preguntándose por qué diablos no lo podía abrir. Algo instintivo me movió a decirle que no lo hiciese y que sería mucho mejor devolvérselo al doctor Hankey.

—¿Qué puede ocurrir? —dijo, inquieto—. ¿Qué puede pasar?

—¿Qué le pasó a su amigo en el barco? —le contesté obstinado.

No me respondió. Realmente, no sabía qué podía responderme y tomé mi ventaja, por mera vanidad.

—Si a esto hemos llegado —dije—, ¿cuál es su versión de todo lo que realmente pasó en el barco? No me respondió, miré a mi alrededor y vi que ya no estaba.

La tienda, vacía. El libro, abierto sobre la mesa, como si, al marcharse, él lo hubiera dejado así. Pero la espada estaba en el suelo, al otro lado de la tienda. Y la tela mostraba un gran corte, como si alguien se hubiese abierto camino a través de aquella espada. La rasgadura sólo dejaba ver la negra oscuridad del bosque. Y cuando miré a través de la rotura no pude cerciorarme de si la maraña de altos tallos había sido separada ni el subsuelo hundido. Sólo descubrí algunas huellas de pisadas. Y desde aquel día no he vuelto a ver al capitán Wales ni he oído hablar de él.

Envolví el libro en el papel marrón, teniendo cuidado de no mirar en él, y me lo traje a Inglaterra con el propósito de devolvérselo al doctor Hankey tan pronto como pudiera. Entonces vi en su periódico algunas notas sugiriendo una hipótesis acerca de estos casos y decidí retrasar la devolución y poner el asunto bajo su competencia, ya que tiene usted fama de ser equilibrado y poseer un criterio abierto.

El profesor Openshaw dejó la pluma y miró fijamente al misionero a través de la mesa, concentrando en una sola mirada su larga experiencia de conocedor de aquellos tipos de embaucadores, enteramente distintos entre sí, y entre los que solía haber también algunos excéntricos y otros extraordinariamente honestos. Corrientemente, el profesor hubiera empezado con la saludable hipótesis de que aquella historia era una sarta de mentiras. En el fondo, se inclinaba a asegurar que podía serlo. Y aun así, le era difícil ajustar el hombre a la historia. No podía ver a esta clase de mentirosos contando aquellas mentiras. El hombre no trataba de parecer honesto en la superficie, como muchos impostores suelen hacer. Más bien parecía una cosa distinta, ya que el hombre era honesto, a pesar de que algo estaba sencillamente en la superficie. Pensó que se trataba de un hombre con una inocente desilusión. Pero una vez más los síntomas no eran los mismos. Era una especie de viril indiferencia, como si no le importara mucho la desilusión, si es que la tenía.

–Mr. Pringle –dijo secamente y como un funámbulo que da un ágil salto–, ¿dónde está su libro ahora?

La mueca reapareció en el barbudo semblante, que se había vuelto grave durante la narración.

–Lo dejé ahí fuera –dijo Mr. Pringle–. Quiero decir en el primer despacho. Tal vez era peligroso traerlo aquí. De este modo, evito que los dos corramos un riesgo.

–¿Qué quiere decir usted? –preguntó el profesor–. ¿Por qué no lo trajo directamente aquí?

–Porque –contestó el misionero– sabía que, tan pronto como usted lo viera, lo abriría… antes de que hubiese oído la historia. Creí que sería posible que usted lo pensara dos veces antes de abrirlo después de haberla oído.

Entonces, luego de un silencio, añadió:

–No había nadie ahí fuera más que su empleado, y tenía un aspecto de estólida firmeza, sumergido en sus cuentas.

Openshaw dijo con naturalidad.

–¡Oh!, Babbage –dijo–: sus volúmenes mágicos están a salvo con él, se lo aseguro. Su nombre es Berridge, pero a menudo lo llamo Babbage porque es tan exacto como una máquina de calcular. No hay ser humano, si él puede ser llamado ser humano, que sea menos capaz de abrir paquetes del prójimo, ni envueltos en papel pardo. Bien, podemos ir a buscarlo y traérnoslo, aunque le aseguro que consideraré muy seriamente el uso que debemos hacer de él. Francamente le digo –y miró al hombre otra vez– que no estoy del todo seguro de si debemos abrirlo aquí, ahora, o mandárselo al doctor Hankey.

Los dos habían salido del despacho interior y entraron en el otro. Al mismo tiempo que hacían esto, Mr. Pringle, dando un grito, corrió hacia el pupitre del empleado. Sobre el pupitre estaba el viejo libro con tapas de cuero, fuera de su envoltorio pardo, cerrado, pero como si acabara de ser abierto. La mesa del empleado estaba situada ante la ancha ventana que daba a la calle. Y la ventana destrozada con un enorme y desigual agujero en el vidrio, como si un cuerpo humano hubiese sido lanzado, a través de ella, al espacio. No quedaba otra señal de Mr. Berridge.

Los dos hombres permanecieron durante unos instantes como estatuas. Y fue el profesor el que poco a poco volvió a la vida. Hasta parecía más juicioso, como nunca en su vida lo había parecido. Se volvió lentamente y le tendió su mano al misionero.

–Mr. Pringle –dijo–, le pido perdón. Perdón no sólo por los pensamientos que he tenido, sino por los casi pensamientos. Pero nadie puede llamarse un hombre de ciencia si no sabe afrontar un hecho como este.

–Supongo –repuso Pringle con aire de duda– que debiéramos hacer algunas pesquisas. ¿Puede usted llamar a su casa para saber si ha ido allí?

–No si tiene teléfono –contestó Openshaw algo ausente–. Vive en alguna parte, en dirección a Hampstead, creo. Pero es de suponer que, si una familia o sus amigos lo echan de menos, alguien preguntará aquí.

–¿Podemos dar una descripción del empleado –preguntó el otro–, si la Policía la requiere?

—La Policía —contestó el profesor, saliendo de sus sueños—. Una descripción. Bien, su fisonomía es terriblemente parecida a la de cualquier otro, excepto para uno de esos linces. Uno de esos sujetos bien rasurados. Pero la Policía... óigame..., ¿qué debemos hacer nosotros en este insensato asunto?

—Yo sí sé lo que debo hacer —dijo el reverendo Mr. Pringle con firmeza—. Voy a llevar este libro, ahora mismo, a su punto de origen, al doctor Hankey, y preguntarle qué diablos es todo esto. Vive no muy lejos de aquí. Luego volveré a darle cuenta de lo que él dice.

—¡Oh!, muy bien —dijo el profesor al tiempo que se sentaba con visible aspecto de preocupación, aunque quizá un poco aliviado, por el momento, de su responsabilidad.

Pero aun mucho después de que los pasos vigorosos y pesados del misionero se hubiesen perdido en el fondo de la calle, el profesor permanecía sentado en la misma posición, mirando al vacío como en éxtasis.

Estaba todavía en la misma actitud cuando los mismos pasos vigorosos se oyeron sobre el pavimento del exterior. Entonces entró el misionero. Esta vez, según se aseguró de una ojeada, con las manos vacías.

—El doctor Hankey —dijo Pringle, gravemente— quiere tener el libro durante una hora y considerar el caso. Me ha pedido que después lo visitemos los dos y nos comunicará su decisión. Especialmente desea, profesor, que se sirva usted de acompañarme en esta segunda visita.

Openshaw continuaba mirando en silencio; después dijo bruscamente:

—¿Qué diablos es el doctor Hankey?

—Sus palabras suenan como si quisiera decir que él es un diablo —dijo Pringle, sonriendo—. Me figuro que alguna gente lo ha pensado así. Tiene una reputación en el mismo sentido que usted, pero la ganó principalmente en la India, estudiando la magia local y otras cosas por el estilo. Tal vez por esto no es tan conocido aquí. Es un diablo amarillo y flaco, con una pierna coja y un carácter incierto, pero parece que posee una ordinaria y respetable práctica en estas cosas, y no conozco nada definitivamente malo acerca de él, a menos que sea malo ser la única persona que posiblemente puede saber algo referente a todo este asunto.

El profesor Openshaw se levantó pesadamente y fue al teléfono. Llamó al padre Brown, cambiando para la hora de la cena la cita que tenía para la del almuerzo. Necesitaba estar libre para la expedición a la casa del doctor angloindio. Después de esto se sentó de nuevo, encendiendo un cigarro, y se sumió una vez más en sus insondables pensamientos.

El padre Brown fue al restaurante, donde estaba citado para la hora de la cena. Se paseó un rato por el vestíbulo lleno de espejos y tiestos con palmeras. Le habían informado de que Openshaw tenía un compromiso para aquella tarde y, como ésta se cerraba, oscura y tempestuosa, alrededor de los espejos y de las verdes plantas, adivinó que había sucedido algo imprevisto e indebidamente prolongado. Hasta llegó a temer por un momento que el profesor no apareciera. Pero cuando el profesor se presentó, creyó descubrir que sus conjeturas habían sido justificadas. Porque era un profesor de mirada inquieta y desordenada cabellera aquel que, inesperadamente, regresó con Mr. Pringle de la expedición al norte de Londres, donde los suburbios están todavía orillados de baldíos de brezos y tierras comunales, apareciendo más sombrío bajo la tempestuosa puesta de sol. Sin embargo, aparentemente encontraron la casa entre las otras dispersas. Comprobaron la placa de cobre con la inscripción: J. I. Hankey. M. D. M. R. C. S. Pero no encontraron a J. I. Hankey, M. D. M. R. C. S. Encontraron tan sólo lo que el susurro de la pesadilla había ya subconscientemente preparado: una vulgar sala de recepción con el maldito volumen en la mesa, como si hubiese sido leído en aquel momento. Más allá, una puerta violentamente abierta y una débil traza de pasos que subía un pequeño trecho, hasta una calle del jardín que ningún hombre cojo podía subir con facilidad. Pero un hombre con la pierna lisiada era el que lo había recorrido, porque entre las huellas había algunas defectuosas y desiguales, con marcas de una especie de bota ortopédica; más lejos, sólo dos marcas de esta bota (como si aquella criatura se hubiese detenido). Después, nada. No podía averiguarse nada más referente al doctor J. I. Hankey, aparte de que él había tomado una decisión. Había leído el oráculo y recibido el castigo.

Cuando ambos entraron en la sala bajo las palmeras, Pringle puso rápidamente el libro sobre la mesa, como si le quemara los dedos. El sacerdote lo miró con curiosidad; sobre la cubierta sólo había unas rudas inscripciones con este estribillo:

Los que este libro miren
el Terror Volador tocarán.

Y debajo, como más tarde descubrió, similares avisos en griego, latín y francés. Los otros dos, siguiendo su impulso natural, se dirigieron al mostrador, agotados y aturdidos, y Openshaw llamó al camarero, que les llevó cocteles en una bandeja.

–Comerá usted con nosotros –dijo el profesor al misionero, pero Mr. Pringle rehusó amablemente.

–Si me lo permite –dijo–, voy a salir y a pensar con reposo en este libro y en este asunto por mí mismo. ¿Podría hacer uso de su oficina por una hora?

–Me temo que esté cerrada –repuso Openshaw, con cierta sorpresa.

–¿Ha olvidado que hay una abertura en la ventana?

Luke Pringle hizo la más amplia de todas sus amplias muecas y desapareció en la oscuridad.

–Después de todo, es un sujeto bien extraño –dijo el profesor ceñudamente.

Le sorprendió un poco encontrar al padre Brown hablando con el camarero que había servido los cócteles, aparentemente acerca de los asuntos privados de aquel, ya que oyó que mencionaban a un niño que estaba fuera de peligro. El profesor comentó el hecho con alguna sorpresa, preguntándose cómo el sacerdote conocía a aquel hombre; pero aquel le contestó:

–¡Oh, yo como aquí cada dos o tres meses y he hablado con él cada vez!

El profesor, que comía alrededor de cinco veces por semana, estaba seguro de no haber cambiado nunca ni una sola palabra con el camarero. Pero estas consideraciones fueron cortadas por la llamada del timbre y el requerimiento del teléfono. La voz dijo ser Pringle: era muy apagada, pero podía muy bien ser que resultara así debido a la maraña que formaban su barba y sus bigotes. El mensaje fue suficiente para establecer su identidad.

–Profesor –dijo la voz–: no puedo seguir así ni un momento más. Yo mismo voy a abrir el libro. Hablo desde su oficina y el libro está ante mí. Por si algo me sucede, le digo adiós. ¡No! Es inútil tratar de detenerme. No llegaría a tiempo. Estoy abriendo el libro ahora. Yo…

A Openshaw le pareció oír un escalofriante y sordo estallido. Entonces gritó el nombre de Pringle una y otra vez, pero ya no oyó nada más. Colgó el auricular, se irguió con soberbia calma académica —tal vez era la calma de la impotencia—, y volvió a su sitio en la mesa. Y entonces con la misma frialdad que mostraría si estuviera describiendo el fracaso de algún pequeño truco insignificante, en una *séance* le contó al sacerdote cada detalle de su monstruoso misterio.

—Cinco hombres han desaparecido por este increíble medio —dijo—. Cada uno de los casos es extraordinario, y uno de ellos, sobre todo, no puedo entenderlo; es el de mi empleado Berridge. Precisamente porque era la menos curiosa y más tranquila de las criaturas, el caso se me hace raro.

—Sí —replicó el padre Brown—, era una cosa muy extraña para que Berridge lo hiciera. Era terriblemente concienzudo. Siempre tan atento en separar los asuntos de la oficina de usted y las bromas. Porque nadie supo nunca que era un gran humorista en su casa y…

—¡Berridge! —gritó el profesor—. Pero, ¿de qué está usted hablando? ¿Lo conocía?

—¡Oh, no! —repuso el padre Brown—. Sólo como al camarero. Algunas veces tuve que esperar en la oficina a que usted volviera. Y, naturalmente, pasaba el rato con el pobre Berridge.

Era un poco excéntrico. Recuerdo que una vez me dijo que le gustaría coleccionar cosas de valor, como los coleccionistas hacen con cosas tontas que ellos creen valiosas. Usted conoce la historia de la mujer que coleccionaba cosas de valor.

—No estoy seguro de entender de qué está usted hablando —contestó Openshaw—. Pero aunque mi empleado fuera un excéntrico (de todo el mundo lo hubiera pensado antes), no me explicaría lo sucedido a los demás.

—¿A quiénes? —preguntó el sacerdote.

El profesor lo miró fijamente y le habló recalcando cada palabra como si se lo dijera a un niño.

—Mi querido padre Brown, cinco hombres han desaparecido.

—Mi querido profesor Openshaw: ningún hombre ha desaparecido.

El padre Brown lo miró con la misma fijeza y le habló con la misma claridad. No obstante, el profesor requirió que le repitiera las palabras, y le fueron repetidas distintamente.

—Digo que ningún hombre ha desaparecido.

—Me imagino que la cosa más difícil es convencer a alguien de que 0 más 0 más 0 es igual a 0. Los hombres creen en las cosas más extrañas si se dan así en serie; por eso Macbeth creyó las tres palabras de las tres brujas, aunque la primera era algo que supo por sí mismo y la última algo que sólo él podía contar de sí mismo. Pero en su caso el término medio es el más inútil de todos.

—¿Qué quiere usted decir?

—Usted no vio desaparecer a nadie. No vio desaparecer al hombre del barco ni tampoco al desaparecido de la tienda. Todo se apoya en la palabra de Mr. Pringle, a quien no quiero discutir por ahora. Pero usted va a admitirme esto: usted no hubiera aceptado su palabra si no la hubiese visto confirmada por la desaparición del empleado. Como Macbeth no hubiera creído nunca que sería rey si no se hubiese confirmado la predicción de que sería señor de Cawdor.

—Esto puede ser verdad —dijo el profesor, moviendo lentamente la cabeza—. Pero cuando fue confirmado, supo que era verdad. Dice que no vi nada por mí mismo. Pero algo vi; vi a mi propio empleado desaparecer. Berridge desapareció.

—Berridge no desapareció —dijo el padre Brown—, sino todo lo contrario.

—¿Qué diablos quiere dar a entender con "sino todo lo contrario"?

—Quiero decir —dijo el padre Brown— que nunca desapareció. Apareció.

Openshaw miró con insistencia a su amigo, pero su mirada se había alterado, como pasaba siempre que se encontraba con una nueva complicación del problema. El sacerdote prosiguió:

—Apareció en su estudio, disfrazado con una greñuda barba roja y abotonado hasta el cuello con una burda capa y anunciándose como el reverendo Luke Pringle. Usted no se había fijado nunca bastante en él para poder reconocerlo, ni aun estando tan burda y apresuradamente disfrazado.

—Cierto —convino el profesor.

—¿Podría describirlo a la Policía? —preguntó el padre Brown—. No. Probablemente sabía que iba pulcramente rasurado y llevaba lentes de color. Y quitándose los lentes quedaba mejor disfrazado que poniéndose cualquier cosa. Usted no había visto mejor sus ojos que su alma; ¡sus risueños ojos! Guardó su libro y todas sus propiedades; después rompió el cristal con calma, se puso la barba y la capa y entró en su despacho, sabiendo que usted no lo había mirado nunca.

—Pero, ¿por qué me jugaría esa insensata broma? —preguntó Openshaw.

–Porque…, porque no lo había mirado en su vida – contestó el padre Brown, y agitó su mano ligeramente, como si trazara ondas con ella. Después la cerró, como si fuera a golpear la mesa, como si él hubiese sido dado a hacer esto–. Lo llamaba la máquina de calcular porque era en eso en lo que lo empleó siempre. No supo descubrir en él lo que cualquier extraño, pasando por su despacho y en cinco minutos de charla, hubiera descubierto: que tenía un carácter, que era un gran bromista, que tenía toda clase de puntos de vista acerca de usted, de sus teorías y de su reputación en poner en "evidencia" a las gentes. Puede comprender su excitación probando que no podía hacerlo con su propio empleado. Tenía toda clase de ideas insensatas. Coleccionar cosas inútiles, por ejemplo. ¿No conoce la historia de la mujer que encontró las dos cosas más inútiles: la placa de cobre de un viejo doctor y una pierna de palo? Con esas dos cosas, su ingenioso empleado creó al extraordinario doctor Hankey, con tanta facilidad como al capitán Wales. Introduciéndolos en su propia casa…

–¿Quiere usted decir que el lugar que visitamos más acá de Hampstead era la propia casa de Berridge? –preguntó Openshaw.

–¿Conocía usted su casa o aun su propia dirección? – replicó el sacerdote–. Óigame, no creo que esté hablando irrespetuosamente de usted o de su trabajo. Es usted un gran servidor de la verdad y sabe que no podría ser irrespetuoso con eso. Ha descubierto a muchos mentirosos cuando puso su inteligencia en ello. Pero no mire exclusivamente a los mentirosos. Hágalo, aunque ocasionalmente, con los hombres honrados… como el camarero.

–¿Dónde está Berridge ahora? –preguntó el profesor, después de un largo silencio.

–No tengo la más pequeña duda –dijo el padre Brown– de que ha vuelto a la cocina. En realidad, estaba allí en el preciso momento en que el reverendo Luke Pringle leía el terrible volumen y desaparecía en el vacío.

Openshaw rió, con la risa de un gran hombre que es bastante grande para parecer pequeño. Dijo:

–Creo que me lo merezco, por desconocer al más próximo ayudante que tengo. Pero debo admitir que la acumulación de incidentes era formidable. ¿Nunca se sintió amedrentado, ni por un momento, por el imponente tomo?

–¡Oh! –dijo el padre Brown–. Lo abrí tan pronto como lo tuve a mi alcance. Estaba en blanco. Vea usted, yo no soy supersticioso.

Índice